반짝이지 않아도

사랑이 된다

반짝이지 않아도 사랑이 된다

지은이 나민애
펴낸이 임상진
펴낸곳 (주)넥서스

초판1쇄 발행 2022년 2월 25일
초판3쇄 발행 2024년 10월 31일

출판신고 1992년 4월 3일 제311-2002-2호
10880 경기도 파주시 지목로 5
Tel (02)330-5500 Fax (02)330-5555

ISBN 979-11-6683-222-2 03810

www.nexusbook.com
&(앤드)는 (주)넥서스의 문학 브랜드입니다.

반
짝
이
지 사
않 랑
아 이 나
도 된 민
다 애

에
세
이

&

열심히 살아왔는데,

문득 이런 생각이 들 때가 있습니다.

'내가 지금 뭐 하고 있는 거지?'

그럴 때는……

잠시 쉬었다 가면 어떨까요?

그렇게 해도

아무 일도 일어나지 않으니까요.

아무것도 아닌 날들이

나를 만듭니다.

반짝이지 않아도 사랑이 됩니다.

어릴 적 나는 반짝이고 싶었다. 주목받고 잘나가고 싶었다. 성공해서 더 위로 올라가고 싶었다. 그래서 남들보다 열심히 달렸다. 그런데 내가 2배속으로 달리면 남들은 3배속으로 뛰었다. 그럼 나는 그보다 더 빨리 뛰려고 노력했다. '언제까지 이래야 할까' 자조하면서도 계속 무리를 했다. 숨이 턱끝까지 차오를 정도로. 뒤처지지 않으려고 발버둥을 쳤다.

그렇게 한다고 반짝였을까. 아니다. 오히려 빛을 잃어가는 행성 같았다. 인생이 블랙홀에 빨려가는 느낌이었다.

그게 분하고 속상해서 미친 강아지처럼 펄쩍펄쩍 뛰다가, 벽에 부딪히다가, 멍멍 짖기도 했는데 이제 좀 잠잠해졌다. 이 책은 바로 그 잠잠해진 이유에 대한 글이다.

나는 서울대를 나왔다. 가방끈이 길어서 박사 학위까지 따고 현재는 비정규직이지만 교수로 일도 하고 있다. 남편도 자식도 있다. 그런데 나는 불행했다. 내가 이루어놓은 것이 보잘것없다고 느꼈다. 매일같이 나 자신을 비하했다. 그렇게 나는 점점 좀먹어갔다. 공황장애에 걸려 때로 숨이 막혔고 이러다 죽을 거 같아 무서웠다.

내가 나를 미워하는 것, 채찍질하는 것을 그만둬야 살 것 같았다. 그래서 꿈을 바꿨다. 나는 높이 올라 빛나는 별이 되지 않고 그냥 나로 살기로 했다. 어제 같은 오늘을 열심히 살고, 오늘 같은 내일을 성실히 살기로 했다. 10년 후의 비전 같은 것은 세우지 않고, 잘나가는 동기 선후배와 비교하지 않고, 부자를 부러워하지 않기로 했다. 물론 쉽지는 않았다. 자꾸 불안하고 질투가 났다. 그래도 그냥 나만 봤다. 그러자 숨이 쉬어지는 것 같았다.

평생 반짝이고 매일 행복한 것은 불가능한 일이다. 그건 허상이고 전설이며 괴담이다. 나는 오늘도 반짝이지 않는다. 얼굴은 누렇고 몸은 펑퍼짐하다. 날카롭지도 지적이지도 않다. 그냥 엄마고, 아줌마고, 사람이고, 선생이다. 그래도 좋다. 아니, 그래서 좋다. 더 잘 살아야 한다는 강박에서 풀려나 그냥 사람이어서 좋다. 지금까지 하루하루 열심히 살아온 것이 그저 기특해서 나는 내 머리를 쓰다듬어준다.

나는 학교에서, 교실에서, 인터넷에서 또 다른 나를 발견한다. 오늘 하루 본인이 얼마나 잘 살아냈는지 하찮게 생각하는 사람. 내일 더 잘해야 한다고 울먹이는 사람. 자

———————————— ✳ ✦ ✳ ————————————

신이 부족하다고 벌벌 떠는 사람. 나 같아서 자꾸 눈에 들어온다. 인생은 어둡고 긴 터널을 혼자 걸어가는 것이지만, 터널을 나만 걸은 것은 아니다. 이 터널을 나 혼자 걷는 것도 아니다. 다만 우리의 눈이 눈물로 가득 차 곁이 보이지 않을 뿐이다. 나는 빛나는 별이 아니라 따뜻한 곁이 되고 싶다.

이상화 시인은 이렇게 말했다.
"가장 아름답고 오랜 것은 오직 꿈속에만 있어라."
자신을 물어뜯는 '또 다른 나'에게 그의 말을 좀 달리해

───────────── ✳ ✦ ✳ ─────────────

서 전하고 싶다. '가장 아름답고 오랜 것은 오직 내 안에 있
다'는 것을. 우리가 찾아야 할 것은 우리 안에 있다. 당신도
곧 알게 되길. 건투를 빈다.

나민애

차례

하나,

잠시
쉬어 가도
괜찮다

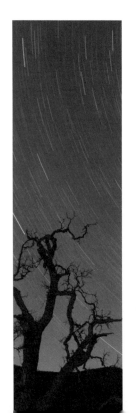

둘,

애쓰지
않아도
충분하다

셋,

아픔도
때론
힘이 된다

넷,

반짝이지
않아도
사랑이 된다

하나,

잠시
쉬어 가도
괜찮다

나만의
비밀 방공호

나는 매일매일 시(詩)를 읽는다. 직업상 시를 읽지 않으면 일을 못 한다. 그런데 돈 때문에 할 일이었다면 시를 선택하지 말았어야 한다. 시는 돈이 안 된다. 경력도 안 된다. 그럼에도 내가 시를 읽는 이유는 시가 돈과 무관하기 때문이다. 표현이 좀 이상하지만 사실이다. 돈을 벌어야 살 수 있지만, 살기 위해서는 돈과 무관한 도피처도 있어야 한다. 나한테는 그 도피처가 바로 시였다.

나는 2015년부터 지금까지 《동아일보》에 시 칼럼을 연재하는 중이다. 놀랍게도 내 코너는 아직 망하지 않았다. 편집장이 시를 사랑하기 때문에 이 코너를 살려둔 걸까? 나는 그렇게 생각하지 않는다. 그래도 어느 정도 내 칼럼을 읽는 사람이 있으니까 남겨둔 거다. 나는 칼럼을 쓸 때 시를 읽는 한 사람을 상상하곤 한다. 그 사람이 어떤 마음으로 시를 찾아 읽을까 싶어서. 돈도 밥도 경력도 되지 않는, 다 이해되지 않는 이 시를.

사람은 태생적으로 고통을 싫어하는데, 시는 우리의 외롭고 아픈 데를 콕콕 찌른다. 그래서 시를 대하기가 두려울 때도 있다. 이상하게도 흥겹고 행복한 시는 많지 않다. 뉴스는 대부분 나쁜 소식만 전해주는데, 시는 그보다 더하다. 시에는 음울한 감정이 진하게 담겨 있다. 우울한 소식과 우울한 삶과 우울한 시의 콜라보라니. 우리의 일상이 위험해질 수 있다.

나는 '위험'이라는 말에 치를 떤다. 정신적으로 매우 유약한 인간이라서 이 단어에 민감하게 반응한다. 자칫 내 정신을 신경 쓰지 않으면 죽을지도 몰라 두렵다. 게다가 나는 귀가 얇다. 하루에도 열두 번은 남의 말에 업(up)되고 다운(down)되기를 반복한다. 자존감도 낮다. 시시때때로 작은 일에 불안함을 느낀다. 그러니까 이런 내가 시를 읽으면 더더욱 위험할까? 아니다. 의외로 위험하지가 않다. 2015년부터 시작한 시 칼럼이 중단되지 않았다는 내 이력을 걸고, 1998년부터 시를 공부한 내 경력을 걸고 장담할 수 있다.

갓 태어난 사슴처럼 바들거리는 정신을 지닌 나에게 시는 큰 도움이 된다. 핵전쟁이 나면 방공호를 찾아가야 하듯, 나에게 있어 시는 일종의 '개인 방공호'다. 내 마음속에서는 종종 핵폭탄이 터진다. 분진이 날리고 방사능에 오염된다. 그럴 때 나는 시로 도피한다. 그곳은 나만의 비밀스러운 1인용 방공호다.

일찍이 싸움의 대가, 손자도 말했다. 상황이 어려우면 도망가라고. 그건 병법에서도 상당히 효율적인 기법이다. 살아야 이긴다. 그래서 나는 아프면 더 아픈 시로 도망간다. 남의 고통을 보면, 내 작은 고통 속에서 허우적거리다가도 어느새 그곳을 빠져나오게 된다.

슬프면 더 슬픈 시로 도망간다. 지구만 한 슬픔이 나를 짓누를 때는 숨을 헐떡이면서 시를 읽는다. 그러면 시 속에서 우주만 한 슬픔을 발견할 수 있다. 나보다 상대적으로 큰 슬픔 앞에 있으면 깨갱 하게 마련이다. 끔찍할 만큼 슬픈 시를 읽다 보면 시의 설움이 아니라 내 설움에 북받쳐 함께 울게 된다. 신기하게도 울다 보면 내 슬픔은 닦여 나간다. 왜 울었는지도 조금씩 잊어버리고 울음 그 자체만 남게 된다.

남이 더럽고 치사하게 굴면, 깨끗하고 더 치사한 시에게 놀러 간다. 세상에서 버려졌다는 생각이 들면, 세상 따위 더러워서 버리겠다는 시로 도피한다. 나보다 먼저, 나보다 과감하게 세상을 버린 사람의 이야기를 듣고 있으면 속이 다 시원하다.

세상에서 버림받을까 봐 벌벌 떠는 내가 바보 같을 때가 있다. 그럴 땐 일부러라도 배짱을 수확하러 시에게로 간다.

'버림받으면 뭐 어때.'

'버림받은 사람끼리 살면 되지.'

'확마, 나도 버리면 되지.'

시집을 펼쳐보면 거기에는 항상 나의 동지가 있다. 내가 겪고 있는 이 설움, 이 고통을 먼저 겪은 언니, 선배, 선구자가 있다. 나는 그들에게 내 감정을 전해주고 빠져나온다. 얌체 같지만 뭐 어떤가. 나는 이렇게 시와 알콩달콩 살고 있다.

살다 보면 왠지 곧 아플 것 같은 날이 있다. 그런 날이면 비타민을 마구 털어 먹고 한두 시간 더 잔다. 한여름이어도 긴팔 옷을 입고 땀 흘리면서 끙끙대며 잠을 자면 그날은 좀 낫다. 아프다고 해서 항상 병원에 가는 것은 아니다. 심하게 아프지 않으면 일단 버티고 본다. 본격적으로 아프기 전이라면 더더욱 버틴다. 그런데 이런 스산한 징후가 마음에도 찾아올 때가 있다.

'아, 나 힘들겠는데. 나 힘든 것 같은데?'

종이에 손이 베이듯 잠시 이런 생각이 스쳐 마음이 따끔해질 때면, 자신의 방공호로 가야 한다. 거기서 훌훌 털고, 묻고, 버려야만 다시 돌아올 수 있다. 시는 마음이 아프려고 할 때 털어 먹는 비타민 같다. 더 아프기 전에 먼저 먹으면 조금만 앓게 해주고, 아픈 과정을 같이해준다.

앞서 말했듯이 나는 매일매일 시를 읽는다. 직업이다. 시를 안 읽으면 돈을 못 번다. 만약 다른 일을 했다면 지금보다 더 벌었을 거다. 하지만 시라는 방공호는 찾지 못했을 것이다. 뭐가 더 나을까? 돈도 좋아하고 도망치기도 좋아하는 나는 가끔 궁금하다.

방공호가 없으면, 정신이 허약한 나는 더 허덕이면서 살았을 것이다. 내가 번 돈의 상당수를 상담센터에 내고, 수입의 많은 부분을 포기하며 살았을 것이다. 그래서 나는 장당 원고료를 받는 현재의 일에 불만이 없다. 우선 사람이 살아야 돈도 있고 밥도 있는 거니까. 시라는 방공호는 나를 살게 한다.

나뿐만 아니라 수많은 시인이 방공호를 만들고 살았다. 박남수의 시 〈할머니 꽃씨를 받으시다〉는 한국전쟁 상황을 그린 작품이다. 이 시를 보면 할머니가 말없이 꽃씨를 받는데, 그곳이 바로 할머니의 방공호다. 여기서 방공호는 일종의 '재생'이고 '생명'이다. 도망가야 살 때가 있다. 방공호에 숨어야 숨 쉴 수 있을 때가 있다. 이런 시가 숱하게 많다.

누구나 매일 죽음과 삶 이쪽저쪽의 얼굴을 번갈아보면서 살아간다. 시인들은 마음이 어둠 쪽으로 휙 치우칠 때를 대비해서 저마다 자기만의 방공호를 만들어두었던 것이다. 그들이 먼저 만들어놓은 비상구를 통해 비밀스러운 방공호로 찾아가는 것. 이게 내가 아는 시 읽기의 비밀이다. 그리고 이것이 내가 시를 읽는 이유다.

내가 주인인 나의 인생은 점점 어두워져 가는 것만 같다. 나의 인생을 살릴 방법은 나만 찾을 수 있다. 이런 생각이 사무칠 때는 시를 읽으러 간다. 나를 살리러 가야겠다.

힘들면
쉬어도 돼

"결혼을 합니다."

대학생 때 청첩장을 들고 교수님을 뵈러 간 적이 있었다. 내가 참 좋아하던, 나를 참 좋아해주던 스승이었다.

"결혼을 합니다"라는 이 짧은 말에는 복잡한 의미가 담겨 있다. 결혼이 기쁘기만 한 사람이 있을까. 결혼을 앞두고 나에게는 환희와 설렘보다 불안과 안도, 부끄러움이 있었다. 나는 내 결혼이 좀 비겁한 행동인 것 같았다. 결혼하는 것이 공부는 뒷전이라고 인정하는 표식 같았다. 공부를 접으려는 신호로 남들이 생각할까 봐 불안했다. 이게 문제다. 아무도 그렇게 생각하지 않는데 혼자 난리다. 내 마음속에는 잎을 건드리면 움츠러드는 미모사가 살고 있다. 그 미모사가 때때로 독을 뿜으며 나를 기죽인다.

내가 청첩장을 들고 갔을 때 교수님은 축하보다 걱정을 먼저 해주셨다. 한참 머뭇거리며 말을 고르고 고르셨다. 날 위해 말을 고른다는 것에 두렵기도 했지만 한편으론 고마웠다. 그래서 기다렸다.

교수님은 내게 편지와 축의금을 주셨다. 그러곤 무언가 또 주셨다. 나를 한없이 좋아해주셨던 스승님은 내 짐작보다 나를 더 사랑하셨나 보다. 다른 사람들처럼 '잘 살아라. 잘 살 거야' 같은 말을 해주실 거라고 생각했다. 그런데 덕담이 아닌 말을 불쑥 던져주셨다.

"민애야, 너무 열심히 하지 마라."

의아했다.

"밥도, 청소도, 살림도 너무 열심히 하지 마라."

울컥했다.

"적당히 해도 된다. 집 안이 좀 더러워도 되고, 그걸 네가

다 안 치워도 된다. 애 낳고 열심히 키우지 마라. 너 하고 싶은 거 하나만 열심히 하고, 나머지는 좀 못해도 된다."

교수님 앞이니까 크게 대답했다.

"네. 그럴게요, 교수님."

순 거짓말. 그때 나는 "죄송해요, 교수님. 저는 그렇게는 못 살 것 같아요"라고 말해야 했다.

교수님은 나에게 공부뿐 아니라 잘 사는 방법까지 알려 주셨다. 좋은 학생이라면 응당 선생님의 말씀을 잘 들어야 하는데, 이번 생에서는 좋은 학생이 되기엔 글렀나 보다. 배운 것을 지키지 못했다. 아는 것과 실천하는 것 사이의 거리가 꽤 멀다.

벌써 20년이 지났다. 그동안 나는 교수님의 말과 반대로 살았다. 하고 싶은 것 하나만 하지 못했고, 나머지는 다 열심히 했다. 하기 싫은 일, 하기 고된 일, 목구멍이 포도청이라 맡아놓은 일감의 급한 불을 끄는 것만 죽어라 했다. 어떤 날은 하기 싫은지도 모르고 그냥 했고, 어떤 날은 앞뒤 가리지 않고 했다. 숨을 헐떡이면서 남들이 요구하는 일에 우선순위를 내주었다.

2007년 평론가로 등단했을 때부터 나는 회사에 갓 입사한 사람처럼 살았다. 일당백, 못해도 일당십을 하리라! 인정받으리라! 출발선에 선 경주마처럼 씩씩하고 힘찼다. 그래서 오는 일감을 마다하지 않았다. 누군가 나에게 일감을 맡긴다는 사실에 도취되어 있었다. 마치 내가 뭐라도 된 듯이. 혹여 맡아놓은 일을 하지 않으면 문학계가 무너지기라도 할 듯 매사에 비장했다. 지금 헤아려보니 한 해에 20편 정도의 원고를 썼다. 힘들면 비타민을 먹으며 일했고, 더 몸이 안 좋아지면 링거를 맞으면서 계속 일했다. 그때 축난 몸이 여전하고, 그때 버린 성격이 아직도 변함없다. 하지만 후회는 없다.

다만 뒤돌아보면 입이 쓰긴 하다. 참 애썼다. 너무 애썼다. '애쓴다'는 것은 결국 '마음을 쓴다'는 말이다. 그런데 쓸 때는 적당히 써야 한다. 세상에 무궁한 것은 오직 상상 속에 존재할 뿐 우리 손아귀에는 없다. 사랑에도 끝이 있고, 마음에도 한계가 있다. 그걸 모르는 척하고 발버둥을 칠 때, 우리는 애쓰고 있는 것이다. 애쓸 때는 스스로 멈추기 어렵다. 속이 타고 호흡이 가빠지도록 애쓰는데도 모른다. 결국 다 쓰고 나서야, 검은 재가 되고 나서야 알게 된다. 아, 참 애썼다. 너무 애썼다.

5년 동안 100편 정도의 원고를 썼다. 그래서인지 지금 원고를 쓸 때면 어려움을 겪는다. 일감 맡을 때는 겁부터 난다. 뭘 써야 할지 생각하면 숨이 턱 막히고, 책상 앞에 앉으면 온몸이 굳곤 한다. 그래도 어쩌겠는가. 직업이 원고를 쓰는 사람인데. 그래서 어떻게든 쓴다.

이런 내 사정을 들은 사람들은 징징거린다고 생각할지 모른다. 약해 보이는 건 죽기보다 싫은 일. 원고지야, 이번 한 번만 좀 봐줘. 나는 사정사정 매달린다. 하얀 백지 같은 화면을 한 시간이고 두 시간이고 쳐다본다. 그러다 침 삼키는 속도로 천천히 조금씩 써간다.

마음은 달리고 있는데 손가락이 속력을 내지 못했을 때 알게 되었다. 내가 모르는 사이에 손가락이 다쳤다는 걸. 아직도 재활 중에 있다. 재활해본 사람은 안다. 다 나아도 예전으로는 돌아갈 수 없다는 것을. 무엇을 해줘도 내 손가락은 과거만큼 달릴 수 없을 것이다.

선배 언니가 나보다 먼저 이런 증상을 겪은 적이 있었다. 한번은 원고를 쓸 분량이 너무 많아서 그 선배에게 전화를 했다.

"언니, 이번 거 나누어서 하실래요?"

"민애야, 나 이제 못 써. 어디가 좀 고장 난 거 같아. 한 줄도 못 쓰겠어."

그때는 안타까운 마음뿐이었는데, 내가 그런 상황이 되어보니 이제야 선배의 말이 이해가 된다. 당시에 선배의 마음을 알 것 같다. 이렇듯 때로는 돌아갈 수 없을 만큼 멀리 왔을 때 비로소 이해하게 되는 일이 있다. 해맑게 청첩장을 드리던 날, 당시 교수님은 이미 세계적인 석학이었고 역전의 용사이자 수많은 학생들을 길러낸 스승이었다. 그러니 이미 많은 것을 알았을 것이다. 나처럼 별로 잘나거나 똑똑하지도 않은 청춘이 열의와 완벽주의 안에서 어떻게 시드는지 말이다. 그랬기에 이리 말씀하셨을 것이다.

"괜찮다, 안 해도 된다, 못해도 된다."

교수님의 목소리가 아직도 생생하다. 교수님을 뵈었던 연구실의 햇살, 햇살 속에 떠다니던 먼지들까지도 눈에 선하다.

그날을 분명히 기억하고 있으면서도, 나는 20년 동안 잊으려고 애썼다. 망설이면서도 많은 일을 맡았고, 그 일을 해치우는 데 급급했고, 일을 끝내면 곯아떨어지기 일쑤였다. 그렇지만 지금 이 시대를 살고 있는 어린 친구들은 해야 할 일보다 하고 싶은 일을 선택하기를 바란다. 이제 나는 시들었지만 어린 친구들은 천천히 시들었으면. 나는 좀 까칠하게 꺾였어도 지금의 어린 민애들은 덜 아프게 더 오래갔으면.

수업을 할 때 나의 학생들, 그 스무 살의 청춘들에게 꼭 이야기한다. 이건 열심히 배우고, 이건 적당히 배우자고. 이건 꼭 써먹고, 이건 잊어버려도 괜찮다고.

"선생님, 저 시험 1차 붙었어요."

"선생님, 저 이제 실습 나가요."

이런 제자들의 연락을 받을 때마다 당부한다. 아프면 전화하라고. 몸이 아프면 엄마한테, 마음이 아프면 나한테 전화하라고. 마음이 아파도 엄마가 알면 슬퍼할까 봐 말도 못 하는 착한 애들이니까. 애쓰면서도 애쓰는 줄 모르는 순진한 애들이니까.

쉰을 바라보는 나이가 되면 새로운 모험을 포기하게 된다. 도전 신화는 극소수의 것. 그건 내 차지가 아니다. 이제는 쌓을 때가 아니라 쌓아줄 때다. 내가 가진 것 중에서도 좋은 것, 쓸모 있는 것이 있다면 그걸 누군가에게 주고 싶다. 스물여섯을 지나온 나민애가 지금 스물여섯이 된 민애들에게. 지금의 청춘들에게.

"괜찮아. 하고 싶은 거 하나만 열심히 하고 나머지는 적당히 해. 힘들면 쉬었다 가자. 오랫동안 즐겁게 가자. 그것도 하기 싫으면 아무 생각 없이 앉아 있자. 그래도 된다. 그럼, 되고말고."

나에게 이런 말을 해주었던 사람들이 은인이다. 어쩌면 이제 그들은 나이가 들어 기억도 못 할 것이다. 하지만 놀랍게도 그들의 말은 잊히거나 늙지 않는다.

내가 간직한 기억과 말은 아무도 뺏을 수 없다. 그건 내 재산이고, 내 마지노선이고, 내 비밀이다. 두고두고 간직할 말이 있다는 것은 다행스런 일이다. 꺼내볼 얼굴이 있

다는 것은 행복이다. 지나고 보니 나는 퍽 많은 사랑을 받
았구나. 사랑인 줄도 모르고 받았구나. 오늘은 나의 멋진
스승님께 전화나 드려야겠다.

"하고 싶은 거 하나만 열심히 하고

나머지는 적당히 해.

힘들면 쉬었다 가자.

오랫동안 즐겁게 가자.

그것도 하기 싫으면

아무 생각 없이 앉아 있자.

그래도 된다.

그럼, 되고말고."

사람으로 태어났으니
사람으로 떠나야지

　이 시대의 대세는 대중의 요구보다 딱 반박자 앞서 있
다. 너무 앞서가면 세상이 몰라보고, 너무 뒤서가면 세상
이 외면한다. 요즘 넷플릭스에서는 아포칼립스나 디스토
피아 장르가 유행이다. 법망 밖에서 정의를 구현하는 사이
다 판타지 장르도 대세다. 그 세상은 말세이고 잔혹하다.
진짜 세상에 희망 따위는 없다는 말일까.

　이런 시리즈 영상들을 계속 보다 보니 좀 물렸다. 그래
서 큰애에게 추천작을 받았다. 그렇게 해서 보게 된 드라

마가 바로 〈스위트 홈〉이다. 제목에 너무 드러나서 스위트하지 않을 것 같았지만, 생각보다 더 많이 스위트하지 않아서 놀랐다.

드라마든 인생이든 모든 장면이 결정적이지 않다. 시간이 지나도 분명하게 기억에 남는 장면은 조각처럼 따로 존재한다. 그 한 부분이 칼날처럼 가슴에 박힌다. 그리고 그 작은 조각을 위해서 사람은 인생을 사는 거다. 혹시나 하는 마음으로 결정적인 그 순간을 기다리고, 역시나 힘겨워하면서 오늘 하루를 견뎌간다. 나 또한 이 순간을 건지려고 매일같이 무언가를 보고, 읽고, 찾는다.

나에게 있어서 〈스위트 홈〉의 결정적인 한 장면은 5화의 장례식 장면이었다. 괴물과 싸우다 죽은 사람을 김갑수(안길섭 역)가 땅에 묻으면서 슬퍼하는 장면. 나는 그 장면을 일시정지시킨 다음 한참 동안 바라봤다. 결정적 조각이 마음속에 더 확실하게 들어오도록. 이 장면에서 김갑수는 다음과 같이 말했다.

"사람으로 태어났으니 사람으로 떠나야지."

마치 누가 내 마음을 딱 옮겨놓은 것 같았다. 사실 이 대사는 낯설지 않다. 나는 아주 많은 시를 통해 이 대사의 다른 버전들을 보아왔다. 조금 과장하자면 모든 시의 주제가 바로 '사람으로 살기'에 해당된다. 그러니 무릇 시들은 바로 저 문장에서 태어났고, 앞으로도 저 문장에서 태어나고, 다시 태어날 거다.

저 대사는 일종의 시다. 대사를 읊은 김갑수는 시인처럼 보였다. 때로 드라마 시청은 유사 시 읽기가 되기도 한다. 시는 평소에는 느낄 수 없었던 '어떤 마음'을 자극시켜 내 마음속에 되살아나게 만든다.

"사람으로 태어났으니 사람으로 떠나야지."

물론 이건 작가의 표현이다. 그런데 대사를 듣는 순간 누가 내 생각을 옮겨놓은 것처럼 느껴질 때가 있다. 나의 생각이 눈앞에서 언어가 되어 있는 것이다.

내가 모르던 나의 마음이 돌아왔으니, 나는 그 마음을 더 자세히 알아보고 싶었다. 그래서 드라마를 끄고 돌아서서 윤중호의 시를 읽었다. 그중에서도 〈영목에서〉라는 시에 한참 일시정지되어 있었다. 마치 〈스위트 홈〉 5화의 장례식 장면을 보는 기분으로, 김갑수의 대사를 듣고 얼음이 되었던 심정으로. 〈영목에서〉는 '사람으로 태어났으니 사람으로 떠나야지'의 시 버전이다. 정확히 딱 그런 이야기다.

'영목'은 실제로 있는 지명이다. 안면도 바닷가에 있는 항구 이름인데, 있는 줄도 몰랐던 그곳을 시인은 인생 마지막 동지로 삼았다. 동해 바다는 유난히 일출이 아름답고 서해 바다는 유난히 일몰이 서러운 곳. 시인은 서해의 섬에서도 남쪽 끝, 더 갈 수 없는 곳에 서서 일몰을 보고 있다. 우리 인생에서도 그렇듯 이 시에서도 일몰은 '다 끝나간다'는 말이다.

'내 인생도 저무는구나'를 알게 된 사람들은 일몰을 무심히 바라볼 수 없다. '벌써 이렇게 늙었구나' 회한을 느끼면서도 얼마 남지 않은 시간 동안 불타오르듯 살고 싶어 한다. 거기서 시인은 중얼거린다. "아무것도 이룬 바 없으나, 흔적 없어 아름다운 사람의 길"이었다고. 그것이 바로 시인이 돌아본 자기 인생이었다. 수십 년이 단 한 줄로 요약되어 있었다.

윤중호 시인은 이미 죽고 없다. 하지만 유고시집에 수록된 그의 마지막 시, 황혼 같은 시를 읽으며 나는 '사람으로 살자'고 마음을 다잡았다. 〈스위트 홈〉에서는 괴물을 때려 잡아야 살지만, 현실에서는 자기 마음을 다잡아야 사람으로 살 수 있다. 사람으로 태어난다고 해서 다 사람으로 죽는 건 아니다. 우리는 이것을 살아가면서 배운다. 드라마와 시의 응원을 받으면 점점 더 욕심이 난다. 사람으로 살고, 사람으로 죽고 싶다. 가능하다면, 아니 정말 그럴 수 있다면 가급적 좋은 사람으로 죽고 싶다.

예전에 '유언장 쓰기' 수업을 진행한 적이 있었다. 학생들은 대개 나이 든 분들이었다. 그들은 유언장을 쓰면서 많이도 울었다. 그들이 적은 글자보다 흘리는 눈물이 더 많을 정도로. 유언장에는 잘 먹고 잘 살아 좋았다는 말은 한마디도 없었다. '사람으로 살았고, 사람으로 죽고 싶다'는 이야기만 가득했다.

수업하러 가서 내가 더 많이 배울 때가 있다. 그날도 그랬다. 좋은 배움 끝에서 희망하는 것이 생겼다. 내가 죽고 나서 작고 예쁜 유골함이 허락된다면, 거기에 "사람으로 태어났고, 사람으로 죽었다"라고 적고 싶다.

욕망이 있는 것은 좋다. 가슴이 두근거리니까 살아 있는 것 같다. 예전에 나는 1등과 성공을 욕망했다. 그때 나는 행복하지 않았다. '사람이 되어야지' 욕망하는 오늘이 나는 더 마음에 든다.

저는 되고 싶은 게 없습니다

어느 날, 문자 한 통이 왔다.

"교수님, 저 지연인데요. 기억하시나요."

기억하고말고. 기억하지 못해도 기억해내고말고. 내 학생들은 나를 똑똑한 사람으로 생각하니까, 기억한다는 거짓말부터 하고 옛 출석부를 뒤적거렸다.

지연이는 물어보고 싶은 말이 있다면서 언제쯤 통화가 가능한지 물었다. 그렇게 우리는 시간 약속을 잡고 통화를 했다. 그 학생의 고민을 요약하자면 이랬다. 서울대에 들어왔는데 하고 싶은 게 없다는 것이다. 남들은 서울대생이라고 하면 부럽다고 하지만, 자신은 그냥 어쩌다 보니 점수 맞춰 들어왔다는 것. 열심히 공부하다 보니 학점도 잘나왔지만, 졸업한 뒤에 딱히 하고 싶은 게 없어서 고민이라고 했다. 사실 뭘 좋아하는지도 모르겠고, 좋아하고 싶지도 않고, 좋아할 것 같지도 않다고.

학생들 중에는 3학년 때 교환학생으로 외국에 다녀오고, 4학년 때 인턴십을 하고, 졸업해서 UN에서 일하겠다는 식으로 매우 구체적인 계획을 들고 와 검토해달라는 친구도 있다. 로스쿨에 들어가기 위해서 추천장을 써달라, 어디 로펌이 좋은지 일찌감치 물어보는 법린이도 있다. 하지만 백이 있으면 흑이 있는 법. 아무런 계획이 없어서 난감하다는 학생도 있다. 그 수도 적지 않다. 다만 그들의 목소리가 좀 작을 뿐이다. 무계획의 계획서. 나는 그걸 보는게 처음이 아니다. 그런데 지연이는 처음이었을 거다.

대부분 '꿈 없음'을 이야기할 때는 머뭇거린다. 마치 자신의 죄를 고백하는 것처럼. 죄가 아니더라도 최소 흠이나

하나.

결함을 달고 온 것처럼. 계획이 없다는 말이 마치 '개념 없음, 생각 없음' 같은 말과 동의어로 취급되지는 않을지, 본인을 경멸하지는 않을지 두려워한다.

많은 학생이 꿈이 없으면 안 된다고 생각한다. 꿈이 없다는 걸 루저와 패배, 결여의 상징이라고도 여긴다. 여기서 꿈은 상상도 아니고, 우리가 수면 중에 꾸는 현상을 말하는 것도 아니다. 분명한 직업과 사회적 지위를 획득할 비전. 이게 학생들의 꿈이다.

죄짓지 않았는데 죄인이 된다는 것은 꽤 억울한 일이다. 지연이는 움츠러들지 않아도 된다. 그런데 흠 없는 이가 스스로 흠이 있다고 여기는 상황을 누가 만들었을까. 결코 지연이의 탓이 아니다. 지연이는 살면서 꿈은 당연히 있어야 한다는 전제를 두고 있었다. 이 사회는 학생의 꿈을 궁금해한다. '꿈'이라는 말을 '진로'라는 말로 바꾸어 재촉한다.

"네가 커서 무슨 수로 돈을 벌지 속히 밝혀라."

두려움에 떠는 어깨를 떠미는 손은 잔인하다.

성장 속도는 각자 다르다. 전문가를 원하지 않는 사람도 있고, 거창한 명패나 지위를 바라지 않는 사람도 있다. 교양과 예의와 지식까지 갖추었는데, 꿈 하나만 없을 뿐이다. 그런데 딱 하나 없는 그것이 사람을 주눅 들게 만든다.

"괜찮아, 그러면 왜 안 돼?"

나는 주눅이 들 때 자동적으로 이 말을 내뱉는다. 그렇게 되기까지 아주 오래 연습했다. 물론 나도 물 밖으로 나온 물고기같이 헐떡일 때가 있었다. 그래서 그럴 때를 대비해 갈고닦았다. '그러면 왜 안 돼?'를 나 자신에게 계속 말하며 훈련했다. 이제는 그것을 전수해줄 차례다.

"지연아! 그러면 왜 안 돼? 괜찮아."

나는 지연이에게 말해주었다. 한 번 말하면 기억에 안 남을 것 같아서 후렴구처럼 들려주었다. 마치 청산별곡의 '얄리얄리 얄라셩 얄라리 얄라'처럼.

지연이가 선창한다.

"교수님, 저는요 꿈이 없어요."

나민애가 후창한다.

"괜찮아, 뭐가 어때서. 그래도 잘만 살 거다."

지연이가 선창한다.

"교수님, 저는요 되고 싶은 것도 없어요."

나민애가 후창한다.

"괜찮아, 뭐가 어때서. 그런 사람 세상천지다."

지연이가 선창한다.

"교수님, 엄마가 공무원이 좋겠대요. 저 휴학하고 시험 준비 하고 싶어요. 실망하셨죠?"

나민애가 후창한다.

"괜찮아, 뭐가 어때서? 그러면 왜 안 돼?"

사람 사이에는 오고 가는 게 있어야 한다. 이것이 인간 계의 인지상정이다. 지연이의 꿈 없음의 이야기를 들으면 서, 그 이야기에 보답해야겠다는 생각이 들었다. 그래서 나도 이야기를 들려주었다. 지연이가 의지하는 교수의 실 체를, 인간 나민애의 꿈같았던 꿈 이야기를.

어려서부터 나는 장래희망란에 늘 '선생님' 혹은 '교사' 라고 썼다. 이건 단 한 번도 바뀌지 않았다. 만약 이 말에 누군가 "그만큼 열정적이었군요"라고 반응한다면, 나는 코웃음을 치리라. 사실 이렇게 단 한 번도 바뀌지 않는 꿈은 믿을 수 없는 꿈이다. 장래희망란을 기만했을지도 모른다.

내 장래희망이 늘 한결같았던 것은 매우 합리적인 사고의 결과였다. 장래희망을 쓴 종이를 제일 먼저 보는 것은 담임선생님이다. 그래서 나는 장래희망란에 항상 '선생님'이라고 적었다. 선생님한테 선생님이 되고 싶다고 말하면 더는 물어보지 않을 테니까.

솔직히 나는 장래희망란에 뭘 써야 할지 몰랐다. 아니, 뭘 써야 한다는 게 너무 당황스러웠고, 더불어 그것과 진지하게 대면하고 싶지도 않았다. 정직하게 '없음'이라고 쓰면 선생님이 뭐라도 쓰라고 자꾸 말을 걸 것이 분명했다. 우리에게는 '없음'이라는 선택지는 주어지지 않았다. 나는 이 사실이 너무 불만이었고 지금도 불만이다. '없음'의 자유를 주지 않다니, 세상이 너무 치사하다.

오랫동안 나는 아무것도 되지 않는 사람으로 살고 싶었다. 대학교 1학년 때였다. 학생운동과 주체사상과 인권 문제에 고심하는 선배들을 보고 있자니 절로 주눅이 들었다. 그들이 위대해 보였으니까. 주눅 든 나에게 곧 고비가 찾아왔다. 그들이 "넌 뭐가 되고 싶니?"라고 물은 것이다. 덕분에 아주 진지하게 고민했다. 그리고 이렇게 답했다.

"좋은 엄마, 좋은 어른이요."

선배들을 믿었으니까, 그래서 내 진심을 밝히고 싶었다. 나는 아무것도 되고 싶지 않았고, 대신 그 무엇도 될 수 있는 사람들을 키우고 싶었다. 그랬더니 선배가 크게 웃었다.

"뭐래. 얘, 웃기는 애다. 다들 들어봐. 민애가 뭐라고 했냐면…… 깔깔깔."

귀가 달아오르는 듯했다. 그때 알았다. 정답이 있는 질문이었다는 것을. 그걸 모르고 바보가 실책을 했다. 좋아하는 선배가 웃기에 나도 따라 웃었다. 그리고 다시는 '좋은 엄마, 좋은 사람' 따위의 말은 입에 올리지 않았다.

먼 과거에 나는 꿈 없는 사람이었다. 그러나 지금은 꿈을 품고 산다. 그것도 아주 명확하고 위대한 꿈을 가지고 있다. 좋은 어른 되기. 선배는 비웃었지만 나는 결코 나 자신을 비웃지 않았다. 나는 반드시 좋은 어른이 되어 끝내는 웃으면서 스스로를 칭찬하고 싶다.

"잘 살았다, 나민애. 인생 쪽팔리지 않게 잘 버텼다, 나
민애."

그리고 세상을 떠나기 직전에 나 자신에게 이렇게 말해
주고 웃기. 이게 나의 원대한 꿈이고 버킷 리스트 중의 마
지막이다. 어쩌면 누군가는 이런 나를 비웃을지도 모른다.
나와 동종 업계에 있거나 전공이 같은 사람들, 특히 내 선
후배들은 대놓고 비웃을지도 모른다. 그들에 의하면 나는
다음과 같은 꿈을 가져야 한다. 정교수 되기, 계약직 교수
타이틀을 떼고 연봉 높은 자리로 옮겨가기, 교양 따위가
아니라 심오한 전공을 가르치는 교수 되기, 각종 자문기구
에서 모셔가고 싶은 교수 되기. 참 이상한 일이다. 내가 꾸
지 않은 꿈을 남들이 먼저 알고 있다니. 그게 가능할까. 아
니다. 아니라는 걸 알기까지 너무 오래 걸렸다. 그래서 제
자에게 말할 수 있었다.

"지연아, 그건 아니야."

세상이 원하는 꿈을 받아들이지 않으면, 오히려 그런 우
리가 이상한 사람으로 여겨지곤 한다. 나와 오래 알고 지

낸 사람들이 나를 더 모른다.

나는 3년마다 계약서를 갱신하는 계약직 교수이다. 더 나은 자리로 나아가기를 선택하지 않는 자발적 퇴보자다. 남들이 기대하는 내가 되지 않는 것이야말로 내가 바라는 꿈이다. 남들이 기대하는 꿈을 꾸고 싶지 않다. 그러기에는 내 인생이 너무 짧고 지나치게 아깝다.

그래서 지연이를 지나칠 수 없었다. 꿈 없음을 죄처럼 고백하는 지연이는 또 다른 나였기에. 우리가 잘 알고 있는 윤동주의 〈자화상〉에도 '또 다른 나'가 나온다. 시인의 또 다른 나는 우물 속에 잠들어 있다지만, 나민애의 또 다른 나인 지연이는 아직 멀쩡히 살아 있다. 그리고 나도 살아 있다.

중요한 사실은 내가 살아 있고, 그저 나로 살고 싶다는 것이다. 그걸 모르고 너무 오랫동안 죄인으로 살았다. 죄를 짓지도 않았는데 죄인이 되었다. 세상으로부터 익힌 셈법아, 그것만 먹고 자란 내 마음아, 다른 사람들의 시선아, 이제 나를 풀어다오. 살자, 살자, 나도 꿈 좀 꾸면서 살자.

"괜찮아, 그러면 왜 안 돼?"

나는 주눅이 들 때

자동적으로 이 말을 내뱉는다.

남들이 기대하는 꿈을 꾸고 싶지 않다.

그러기에는 내 인생이

너무 짧고 지나치게 아깝다.

안쓰럽스타그램

"봄꽃들이 다투어 피었습니다."

길을 지나는데 어디선가 뉴스가 흘러나오고 있었다. 듣고 싶지 않은 것도 들어야 하는 것이 현대인의 숙명이다. 숙명은 따라야 하는 일. 그러면서 좀 버거운 일. 앵커의 말이 허락도 없이 내 귀에 박힌다. 왜 봄꽃마저 경쟁해야 하나. 마음이 편치 않았다.

하필 업무가 켜켜이 쌓인 날이었다. 다 해결하기에는 팔도 아프고 시간이 모자랐다. 평소보다 더 예민한 날이었다. 누가 툭 건드리면 버럭 화낼 준비가 되어 있었다. 그래서 나는 뉴스에 화를 내기로 했다.

"이보게, 뉴스! 다투어 일하는 것은 나로 족하다네!"

아나운서가 계속 말했다.

"경쟁하듯 봄꽃이 만개했습니다."

그의 말을 듣고 있자니 꽃들에게 미안해졌다. 봄꽃이 얼마나 힘든지 우리는 상상도 못 한다. 얼었던 땅이 막 풀렸을 때니 먹은 게 뭐 있을까. 그런데도 꽃나무는 잎보다 꽃을 먼저 피운다. 그것도 많이, 곱게도 피운다. 생색도 내지 않고 생떼를 부리지도 않는다. 꽃을 피우려고 얼마나 애썼을지는 꽃나무만 안다. 그런데 그걸 경쟁이라고 하다니, 전혀 시적이지 않다. 알고 있다. 세상은 원래 시적이지 않다. 그래도 제발 꽃은 좀 내버려뒀으면 좋겠다.

내가 말해 무엇하리. 나는 꽃 같은 내 자식도 경쟁터에 밀어 넣고 돌아선다. 꽃보다 예쁜 학생들을 학점에 따라 줄 세우는 선생으로 일한다. 나 자신도 평가받고 경쟁하며 산다. 우리는 경쟁하며 살고 경쟁하며 늙는다. 그저 너도 안쓰럽고 나도 안쓰럽다.

소셜미디어인 '인스타그램'을 보면 핫피플과 럽스타그램으로 가득하다. 그런데 내 현실에는 럽스타그램 대신 안쓰럽스타그램만 가득하다. '안쓰럽스타그램'이란 '안쓰럽다'와 '럽스타그램'을 합친 말이랄까. 현실에서도 럽스타그램이 가득하다면 좋겠지만, 40대인 내가 보기에 현실은 회색빛이고 어지간한 것에는 이제 설레지 않는다. 한 남자 때문에 심장이 두근거리기보다 부정맥 때문에 심장이 두근거린다. 연인 생각에 잠 못 이루기보다 호르몬 변화 때문에 잠 못 이룬다. 수줍어서 볼을 붉히기보다 갱년기 증상 때문에 얼굴이 붉어진다.

그렇다고 40대의 인생에 사랑이 없는 것은 아니다. 사랑의 형질이 조금 바뀌었을 뿐이다. 이를테면 나는 뒷모습을 사랑한다. 그중에서도 학교 가는 딸의 뒷모습, 아들의 뒷모습을 제일 사랑한다. '책가방 무겁겠네' 같은 생각을 하면서 자식의 뒷모습을 뚫어지게 바라본다. 하지만 애들은 뒤돌아보지 않는다. 그때 나는 이런 생각을 한다.

'그래, 돌아보지 마라. 너희는 계속 앞만 보고 가라.'

그럼에도 불구하고 설마해서 발걸음을 못 돌린다.

어쩌다 보니 나는 흰머리도 사랑하게 됐다. 내 안쓰럽스타그램의 최애 캐릭터는 남편이다. 우리는 성별이 달라도 참 많이 닮았다. 남편의 흰머리를 보면 내 흰머리도 늘었겠거니 생각한다. 남편의 주름살을 보면 나도 주름졌구나 알게 된다. 그 사람은 나의 거울 같다. 나보다 5년 먼저 태어났으니 5년 먼저 늙는다. 먼저 늙는 초상을 보고 나는 따라간다. 힘든 길 먼저 가주는 인생 선배에게 고마울 뿐이다.

내 남편 최성우에게는 또 다른 이름이 있다. '안쓰러움'이다. 곰곰이 생각해보니 안쓰러움도 사랑이다. 아니, 안쓰러움이 사랑이다. 이건 동정하고는 좀 다르다. '동정'은 여유 있는 사람, 가진 사람의 부유한 감정이다. 위에서 아래로 흐른다. 그래서 그걸 받으면 기분이 더러울 때가 있다. 내가 저 밑바닥에 있다는 걸 확인하게 되기 때문이다. 반면 '안쓰러움'은 수직선이 아니라 평행선이다. 그건 전우에게 보내는 전언이다. 동족에게 표하는 동감이다.

고난을 겪은 사람은 고난의 표정을 갖게 된다. 그리고

고난의 표정은 또 다른 고난의 표정을 알아본다.

'너 아팠니? 나도 아팠어.'

'오늘 너무 힘들었지? 네 얼굴만 봐도 알겠네.'

굳이 말하지 않아도 전해지는, 말이 없어도 알게 되는 고달픔이 보인다. 안쓰러움은 감정보다는 '감각'이다.

늦은 저녁, 도어락 열리는 소리가 들리면 현관을 바라본다. 나의 안쓰러움, 남편이 걸어 들어온다. 잘 보니 양복이 구겨졌고, 표정도 구겨졌다. 세상과 싸우고 돌아온 나의 전우. 쉴 동굴을 찾아 돌아온 나의 동지. 무슨 일이 있었는지 말하지 않아도 다 알 것 같다. 그때 해시태그는 이렇다. #안쓰럽스타그램 #무사히 돌아와서 다행이야 #무사히 맞아줘서 고마워요 #짠해죽겠다

나의 안쓰럽스타그램이 너무 아까워서 차마 SNS에도 올릴 수 없다. 소중한 사람에 대한 감정을 내 마음에만 쓴다. 내일 또 전쟁터에 나갈 때 몰래몰래 보려고. 나 혼자서만 몰래.

일부자의
최후

　'많다'는 건 좋다. 돈이 많으면 부자라 하고, 밤하늘에 별이 많으면 별무리라고 한다. 무언가를 많이 가지고 있는 사람은 대개 부자다. 그렇다면 나는 '일부자'다. 내가 제일 많이 가진 것은 일이니까.

　아무리 생각해도 해야 할 일이 너무 많다. 프로젝트 원고에 워크숍과 학술대회 발표 준비, 평론 원고, 논문 수정, 시집 해설까지. 그뿐인가. 동영상 강의를 찍고, PPT와 스크립트도 만들어야 한다. 할 일들을 꼽아보니 열 손가락으로는 헤아릴 수 없다. 남은 날짜는 열 손가락을 넘지 않는데 말이다.

'나 혼자서는 도저히 할 수 없는 양인데, 이걸 왜 다 한다고 했을까. 지금이라도 못하겠다고 하면 안 될까. 일정을 미룬다고 하면 안 될까.'

일이 너무 많아서 감당이 안 되었다. 나는 가만히 앉아서 내가 해야 할 일들을 체크했다. 어디서부터 손을 대야 할까. 대충이라도 계획이 있어야 움직일 텐데. 갑자기 겁이 났다. 어려서는 귀신이 무서웠고 더 커서는 사람이 무서웠다. 그런데 이제는 일이 무섭다. 한 사람이 도저히 할 수 없는 일을 맡고 보니 무섭다는 생각이 절로 든다. 나를 먹여 살리는 일이 아니라 나를 부수러 온 일 같다.

어릴 적에 할아버지는 제사 때마다 '지방'이라는 종이를 태우곤 하셨다. 그것은 제사가 끝났다는 신호였다. 얇은 종이에 불을 붙이면 탄 조각조각이 허공으로 너풀댔다. 아주 멀리는 아니지만 날아가는 모습이 죽은 이한테 돌아가는 마음 같아서 오래 바라보곤 했다.

지금 생각하건대, 나야말로 한 장의 지방이 아닐까. 나를 태워서 제사를 완성하고 그 뜻을 전달하는 종이 말이다. 사람들에게 잠깐 필요하지만 곧 재가 되고 마는 종이. 나는 라이터를 켜고 나 자신에게 불을 붙인다.

"나를 태워! 밤을 새워! 일을 해야지!"

조직에 들어가면 과정보다 결과가 중요하다. 다들 그렇게 산다. 남들 모두 그렇게 산다고 나를 위로해보지만, 사실 조금도 위로가 되지 않았다.

내가 막 일을 하려고 노트북을 켜는데 남편이 집으로 돌아왔다.

'아, 저 사람이 있었지.'

내가 일의 천석꾼이라면 남편은 만석꾼쯤 된다. 남편은 나보다 더 일부자라서 기어이 머리에 탈이 났다. 예전부터 우리 부부는 우울증이 있어서 고층 아파트에 살 생각은 하지도 못 했다. 기껏해야 2층이 우리가 선택할 수 있는 최고 위치였다. 지금도 2층에 살고 있어서 엘리베이터를 탈 일은 거의 없다. 2층에서 1층으로 내려가는 계단이 많아봤자 몇 개나 되겠는가. 그런데 어느 순간부터 남편은 이 계단을 내려오지 못하고 휘청거리기 시작했다.

"계단이 흔들리는 것 같지 않아?"

이런 소리를 하기에 나는 그냥 웃고 말았다.

"왜 그래? 당신, 잠이 덜 깼어?"

다음번에 남편은 손잡이를 붙들고 계단을 내려오기 시작했다.

"계단이 막 움직이는 것 같은데."

안경 도수가 안 맞아서 그런가 싶어 검사검사 새 안경을 맞췄다. 그런데도 남편은 밖에 나갈 때 매번 엘리베이터를 기다렸다. 결국 나는 사태의 심각성을 깨닫고 뇌 MRI를 예약했다.

MRI 촬영 사진을 보러 갈 때, 우리는 손을 잡고 갔다. 결혼사진을 찍을 때도 분명 이렇게 손을 잡고 갔었다. 그런데 그때는 행복해서 손을 잡았고 지금은 겁이 나서 손을 잡았다. 뇌 촬영 사진을 보니 남편의 뇌혈관은 마치 작고 약한 나뭇가지 같았다. 그것은 어디론가 퍼져나가고 어디선가 사라지고 있었다. 사실 어느 곳이 막혔고 어디가 가늘어졌는지는 잘 몰랐다. 의사가 나를 "보호자님" 하며 설

명하기에 그저 고개만 열심히 끄덕였다.

남을 배려하면서 사는 게 퍽 괜찮은 삶이라고 생각했는데, 그때 깨달았다. 사람뿐 아니라 '혈관'도 배려해야 한다는 사실을. 나는 집으로 돌아와 남편의 일을 하나씩 정리해줬다. 그 사람이 일을 놓지 못하고 있는 모습이 어찌나 미련해 보이던지 내가 나서지 않을 수 없었다.

"정기적으로 나가는 돈을 줄이면 되니까 거기 일은 하지 마. 내가 좀 더 돈을 벌면 되니까 당신은 그쪽 일은 안 해도 돼."

남편이 고개를 끄덕였다. 아파서 그런지 남편이 내 말을 잘 들었다. 우리는 하나씩 일을 줄여나갔다.

"일부자라서 머리가 터지나 봐. 매일 '머리 터지겠어'라고 투덜대더니 진짜 머리가 터지나 봐."

"그런가 보네."

쓴 농담과 쓴웃음도 조금 나눴다. 뇌에는 통증이 없다는데 어쩐지 남편은 일찍 잠이 들었다. 반면 나는 애들이 잠든 후에도 자지 못했다. 새벽 두 시, 나는 현관 걸쇠를 조용히 풀고는 슬리퍼를 꿰어 신고 밖으로 나갔다. 놀이터에는 아무도 없었다. 나는 그네 반대편 벤치에 앉아 조용히 울었다. '밤 고양이라도 지나가면 참 좋을 텐데' 하고 생각 하면서. 혹여 내 울음소리를 누가 들을까 봐 조금 걱정하 면서.

남편은 제 일을 줄일 줄 몰랐다. 뇌혈관이 한바탕 남편 을 혼내고 내가 옆에서 잔소리를 했더니 그제서야 남편이 마침내 용기를 냈다. 일을 줄이지 않으면 영원히 일감을 놓을 수도 있다고 생각했는지 겁을 먹은 듯했다. 그 후로 남편의 일뿐 아니라 내 일도 줄였다. 그렇게 하지 않으면 나 역시 혼이 날 것 같았다. 내가 아프면 남편이 나처럼 한 밤에 나가 울지도 모르겠다 싶었다. 그러니까 일을 줄이는 것이 덜 무서워졌다.

"이달 말까지는 도저히 못할 것 같아요. 다음 달로 미뤄 주세요."

이 말이 그렇게 부끄러웠는데, 뱉고 나니 영 못 할 말도 아니었다. 오래오래 돈을 벌기 위해서 말미를 벌었다.

'이제 내 평판은 엉망이 되겠지. 나는 프로인데…… 이

런 사람이 아니었는데…….'

　누군가 나를 보고 있는 것도 아니었는데, 통화가 끝나자마자 얼굴이 화끈거렸다. 그럴 때마다 나는 얼른 혼자 울던 밤, 그날의 현관 걸쇠와 슬리퍼, 놀이터 같은 걸 떠올렸다. 그날 놀이터에서 눈물과 함께 버리고 온 게 몇 가지 있었다. 내 마음속의 완벽주의, 민망함, 자존심이나 오기 같은 거 말이다.

　자존심의 일부가 버려지는 것은 좀 아픈 일이지만, 우리가 크게 아픈 것보다는 덜 아픈 일이다. 그걸 좀 일찍 알았더라면 좋았을 텐데. 그동안 함박눈처럼 일이 많이 내려 내 시야를 가리고 있었나 보다. 40대가 되면 배우는 건 좀 게을리하고 싶었는데, 일은 덜었어도 배움은 하나 추가되었다. 내려놓고, 인정하고, 감내하는 것.

　아직도 놓지 못하는 일들이 있다. 그걸 보면서 혼자 속삭여본다. 여보, 우리는 아직 더 배워야 하는가 봐.

오늘
내 걸음의 방향

아침에 일어나면 포털에 접속해 뉴스를 살펴본다. 경제면, 해외면까지 싹 다 훑는다. 필요에 의해 시작했던 것이 어느새 습관이 되고 강박이 되었다. 매일매일 무슨 일이 일어나는지 알고 싶다. 아니, 이건 순 거짓말. 사실은 알고 싶지 않다. 알아야 살 수 있으니까 하는 일이다.

아무것도 안 보고, 아무것도 모른 채 살고 싶다. '사람'으로 사는 게 참으로 무겁다. 때로는 사람 거죽을 벗겨 빨랫줄 위에 휙 널어놓은 채 달아나고 싶다. 빨랫감 사이를 나부끼는 바람이 되고 싶다. 그게 어렵다면 바위나 소나무라도 되고 싶다. 하지만 이미 알고 있지 않은가. 누구든, 언제든, 진짜 하고 싶은 것은 하지 못하게 되어 있다는 것을.

　뉴스는 나에게 무서운 것만 보여준다. 겁을 주고 불안하게 하고 윽박지른다. 유령의 집에서 언제 유령이 나타날지 몰라 두렵듯이, 나는 언제 무서운 기사를 볼지 몰라 가슴이 두근거린다.

　요즘 내가 가장 무서워하는 기사는 '어린이'에 관한 기사다. 영아, 유아, 어린이, 어린이집, 유치원 같은 해시태그가 달린 기사. 보통 이런 기사에는 학대, 폭행, 유기, 사망, 방임, CCTV 등의 단어가 적혀 있다. 이런 기사를 보면 가슴이 덜컥 내려앉는다. 그리고 며칠 동안 후유증에 시달린다. 이제 더는 이런 기사는 보고 싶지 않다. 어른이 만든 지옥도에 천사 같은 모습으로 내려와서 불평 없이 살아주는 게 애들이다. 절망할 이유밖에 없는 곳에서도 절망하지 않을 이유가 되어주는 게 애들이다. 그런데 죄가 없는 아이들이 벌을 받는다. 우리는 그런 사람을 희생양이라고 이름

붙인다.

다음으로 무서워하는 기사는 '자살' 기사다. 지병도 없는 젊은 사람이 갑자기 죽었다는 기사를 접하면, 대개 그 사인이 자살인 경우가 많다. 원인은 우울증이고. 자살 기사를 처음 접했을 때는 쇼크를 받았다. 그런데 이젠 놀랍지도, 무섭지도 않다. 이런 게 무섭다. 죽음과 우울증에 무감해지는 내가 무섭다.

한 유튜버가 자살로 생을 마감했다는 기사를 보았다. 기사에는 사진도 있었다. 젊고 참 예쁜 사람이었다. 기사 끝자락에는 그녀의 마음 한 조각이 떨어져 있었다. 주인 없는 조각을 주워 옷에 문질문질 닦자, 유품이 말이 되어 흘러나왔다.

"자는 게 제일 행복하다. 아무것도 하기 싫고 누구와도 관계를 맺고 싶지 않다. 돈을 벌고 있는데 나 자신에게 잘해주지도 못 하고 행복하다는 생각도 안 든다."

애썼구나, 저 사람. 열심히 살아보려고, 잘 살아보려고, 더 잘해보려고 아등바등했겠구나 싶다. 아니면 저런 말이 나올 리 없다. 세상에는 '악당 웰빙의 법칙'이 존재한다. 남을 등쳐먹는 사람은 오래 살고 열심히 사는 사람들은 일찍 죽는 룰이 있는 것 같다. 속이 끓는다.

그녀의 말을 읽어 내려갔다. 모르는 유튜버의 입이 아니라 그 말이 내 입에서 흘러나온다고 상상했다. 포토샵으로 수정하듯 사진 속 그녀의 눈동자와 표정을 내 얼굴에 붙여 넣기 해봤다. 그러니까 그녀가 남긴 말이 남의 말 같지 않고, 사진 속 그녀의 얼굴이 남의 얼굴 같지 않았다. 내 얼굴 같았다.

"안녕, 나는 갈게."

그녀가 세상을 떠나려고 죽음을 택했다. 마침내 그녀는 홀가분해졌을까. 이곳에 남아 있는 사람들은 유산처럼 침울함을 떠안는다. 나는 기사에 달린 댓글을 읽으며 함께 침몰하는 사람들의 마음을 더듬었다.

"자살 기사는 늘 슬프다."

"돌아가신 분의 말에 완전 동감한다. 나도 딱 저렇게 느끼고 있다. 슬프다."

우울증 사건 사고 기사의 하단에 꼭 등장하는 게 있다. 우울증에는 치료가 필요하다는 광고. 힘들면 전화하라는 광고.

"치료를 미루지 마세요. 주변 사람들의 도움과 적극적인 치료가 필요합니다."

광고를 의뢰한 회사에서도 알고 있을 거다. 정말 힘든 사람은 전화를 안 한다는 것을. 아니, 하지 못한다. 자신이 죽을지도 모를 만큼 위험한 순간, 도움을 요청하는 데에도 힘이 필요하니까.

장작이 없는데도 불길이 생길 때가 있다. 다른 걸 태울 수 없을 때, 사람은 자신을 장작으로 삼고 불을 키운다. 이런 일은 보통 마음속에서 일어난다. 불씨가 붙는 건 금방이지만 끄는 건 어렵다. 불길은 제멋대로 옮겨붙으니까. 불타는 것이 얼마나 무서운지, 이태준은 자신의 수필 〈산〉에 이렇게 적었다.

"산은 무섭다. 나는 원산 있을 때 어느 날 저녁, 길에서 사람들이 웅성거리는 소리를 듣고 자다 말고 나가 산화(山火) 붙는 것을 구경하였다. 그때 어른들의 말이 백 리도 더 되는 강원도 어느 산이라고 하는데 몇십 리 길이의 산마루가 불뱀이 되어 기고 있었다. (중략) 무서운 꿈 같았다."

산마루도 먹어 치우는 불길이 사람의 영혼과 정신, 육체는 태우지 못할까. 그렇게 다 저당 잡혀 자신을 태우면 그다음에는 뭐가 남을까. 전화를 할 힘 따위는 남아 있지 않을 것이다. 이미 저쪽 세계에 있는 사람이 이쪽 세계에 있는 사람에게 연락할 방법은 없다. "도와주세요. 살고 싶어요"라는 말도 목소리가 나와야 할 수 있다. 어쩌면 그들에게 남은 마지막 힘은 떠나는 데 쓰는 힘이었는지도 모른다.

자살 기사와 그 댓글을 보면서 훌쩍거리고 있을 때였다.

"나 선생님, 왜 그러세요?"

나는 자살자의 상황을 복사(Ctrl+C)해 한껏 그 우울한 감정에 이입해보다가(Ctrl+V) 누군가 나를 부르는 소리에 튕겨지듯 뉴스 밖으로 빠져나왔다. 마치 죽음 체험을 하듯 상상으로 죽음을 그려보다가 현실계로 돌아오는 것처럼.

기사 속의 그녀는 어젯밤에 죽었고, 나는 오늘을 살고 있다. 이건 선택이다. 그런데 죽는 것이 정말 선택일까. 몸을 움직이면 기분이 나아진다. 그래서 밖으로 나가 빠르게 걸었다. 오른발에 '산다', 왼발에 '죽는다'는 말을 붙이면 서. 마치 삶과 죽음의 꽃점을 보듯이.

처음에는 '죽는다'는 말은 작게, '산다'는 말은 크게 하며 빠르게 뛰었다. 무서우니까. 기사도, 자살도, 그녀의 죽음 도, 거기서 파생된 상상 죽음도 떨치려는 듯 뛰었다. 이것 역시 선택이다. 그런데 정말 선택일까. 오늘의 선택이 언 제까지 이어질지 모르지만, 나는 그녀의 얼굴과 표정, 말 을 잊지 못할 것 같다. 꽃점은 결말을 미리 알고 치는 점, 확실한 건 그것뿐이다. 적어도 오늘의 꽃점은 나왔다. 나 는 걸었다. 그리고 걸음의 방향을 '산다'는 데로 돌렸다.

"도저히 못하겠어요.

다음 달로 미뤄주세요."

자존심의 일부가 버려지는 것은

좀 아픈 일이지만,

우리가 크게 아픈 것보다는

덜 아픈 일이다.

배움이 하나 추가되었다.

내려놓고, 인정하고, 감내하는 것.

둘,

애쓰지
않아도
충분하다

나 혼자만의
방

　우리 부부는 더 이상 서로에게 가슴이 뛰지 않는다. 사실 언제부터 그렇게 되었는지도 모르겠다. 연애할 때는 이렇게 될 줄 진짜 몰랐다. 결혼한 지는 벌써 20년 정도 됐지만 정확히 결혼 몇 년 차인지는 금방 기억나지 않는다. 반면 엄마 경력 몇 년 차인지는 분명히 기억한다. 유부녀 인생과 엄마 인생을 비교하고 있자니 허탈해서 웃음만 난다. 전혀 다른 문제일 수 있지만, 엄마로 사는 게 훨씬 더 힘들었던 것 같아서.

한때는 내 몸 안에서 뛰던 작은 심장이었던 아이. 그 아이는 내 배 속에서 내 심장박동을 들으며 잠들었고, 자랐고, 안심했다. 세상에 나온 후에도 아이는 내 심장박동을 들으며 잠들고, 자라고, 안심하며 지낸다. 대신 나는 하루 종일 바쁘고 힘들고 정신없다.

"일어나라, 밥 먹어라, 양치해라, 숙제해라, TV 꺼라, 싸우지 마라."

내가 하루 종일 내뱉는 말은 이 명령어들의 수준을 벗어나지 못한다. 나의 일상어 사전이 이렇게나 빈약할 줄은 미처 몰랐다. 하지만 오늘도 "사랑해, 네가 소중해" 같은 말을 할 시간이나 여유는 없다.

아이를 키우면서 나는 달콤한 시간보다 힘든 시간이 압도적으로 길다고 느꼈다. 잠든 아이를 바라볼 때가 제일 행복한데, 그 시간은 하루 중에서 얼마 되지 않으니까 말이다. 나는 잠이 든 아이를 바라보면서 오늘 하루도 무사히 지나갔다는 안도감, 이제 아이들이 잠들기만 하면 된다는 편안함을 느낀다.

'오늘 왜 화를 냈을까? 왜 버럭 소리를 질렀을까? 좀 참아볼걸. 얘도 그럴 만했는데.'

잠든 아이를 보면 그날의 내 행동을 되돌아보게 되면서, 그 행동을 한 내가 미워지고 자책이 든다. 혹시 이런 증상이 분노조절 장애인가 싶어 검색을 해본 적도 있다. 그리고 다시 아침이 되면, 난 또다시 명령어의 홍수 속에서 아이들과 대치 상태를 겪는다.

가장 힘든 때는 아이들이 방학했을 때다. 과장을 좀 섞자면 정말이지 미치기 일보 직전이다. 아침부터 밤까지 '엄마, 엄마, 엄마'를 계속 부르는데, 그 이름마저 닳을 것만 같다. 아이들은 하루 종일 엄마를 찾는다. 집안일뿐 아니라 산더미같이 쌓인 일감도 처리해야 하는데 말이다.

하루는 이른 저녁에 맥주를 마시고 엉엉 울어버렸다. 애들 앞에서 싸우기, 애들 앞에서 울기, 애들 앞에서 술 마시기. 이 세 가지가 우리 집 금기 사항인데, 그날 나는 이 금기를 깨고 말았다. "나도 사람이야! 엄마도 인간이야!"라는 모습을 보인 거다. 언젠가 내가 펑! 하고 터질 줄 짐작은 하고 있었는데, 마침내 그날이 찾아온 거다. 사랑하는

데 왜 힘이 들까. 왜 코너에 몰린 것처럼 숨이 막힐까. 분명 사랑…… 사랑인데……. 그날 나는 코를 훌쩍이며 한참 동안 울었다.

다음 날 아침, 아무 일도 없었다는 듯 일상으로 돌아왔다. 일어나라, 밥 먹어라, 양치해라, 숙제해라, TV 꺼라, 싸우지 마라 등등 잔소리를 했다. 울어서 그런지 얼굴만 퉁퉁 부었을 뿐, 나의 일과는 똑같았다. 아니, 사실은 똑같지 않았다. 내 스트레스 지수는 한계에 도달해 있었다.

사랑만으로는 무너지는 댐을 막을 수 없다. 그리고 그렇게 이기적인 것이 사랑이어서는 안 된다. 댐이 무너지면 나도 힘들지만, 남편과 아이들은 치명타를 입는다. 점점 무너져가는 나를 이대로 보고만 있을 수 없었다. 완전히 망가지고 싶지 않았다. 그래서 부탁했다. 우리 잠시 헤어져 있자고. 우리 온전히 딱 하루만 보지 말자고. 나는 간절하게 떠나고 싶었다. 이대로는 서로에게 너무 위험하니까.

해는 아직 중천에 걸려 있고 아이 둘은 집에 해처럼 밝은 얼굴로 있는데, 나는 그대로 집을 나왔다. 남편이 아이들을 돌볼 동안 나는 자유를 얻었다. 그렇게 "내일 만나자"

인사를 하고 현관문을 나섰는데 생각보다 신나지 않았다. 대신 눈물이 났다. 엄청 기쁠 줄 알았는데 이상하게 좀 서러웠다.

도망가는 데 필요한 것은 사실 별로 없었다. 한 손에 핸드폰과 교통카드, 신용카드만 들고 가볍게 나왔다. 오히려 그게 마음에 들었다. 짐이 무거우면 잘 도망칠 수 없을 테니까. 남편은 내가 아이들 걱정에 못 나갈 거라고 했지만, 나는 빠른 걸음으로 동네를 떠났다. 목적지도 없고 해야 할 일도 없었는데.

아무런 생각도 하지 않고 아무것도 하지 않는 게 나의 목표였다. 그래서 일단 나는 서점에서 책을 구입한 뒤 가장 저렴한 방을 예약했다. 그곳은 다행히 집에서 좀 떨어져 있는 곳이었다. 지하철을 타고 나만의 공간으로 가면서 어쩐지 가슴이 두근거렸다. 내가 예약한 방은 좁아서 답답하기도 했고 냄새도 좀 났다. 그렇지만 상관없었다. 그곳이 어디든 자유는 오늘뿐이니까. 어디선가 "엄마! 엄마!" 하며 아이 울음소리가 들리는 것 같았다. 어쩐지 눈물이 날 것 같았지만 꾹 참았다. 나는 오늘만 도망칠 수 있으니까. 사탕처럼 다디단 이 시간이 너무 아까워서 천천히 녹여 먹었다. 이 밤을 가능한 한 오래 보고 싶었다. 그래서 밤 늦게까지 책을 보고 뒹굴다가 컵라면을 먹고 잤다.

다음 날, 해가 다 지기 전에 집으로 돌아갔다. 뭐 하고 왔느냐고 남편이 물었지만, 나는 금방 대답하지 않았다. 아니, 대답할 수가 없었다. 목이 잠겨 있어서 목소리가 나오지 않았다. 집으로 돌아올 때까지 그 누구와 대화한 적이 없었으니까. 나는 그 누구와도 만나지 않았다. 책은 읽었지만 그 누구의 마음을 읽느라 애쓸 필요가 없었다. 잠은 잤지만 그 누구의 잠자리도 돌볼 필요가 없었다.

집에 오자마자 나는 쌀을 씻고 저녁을 안쳤다. 여느 날처럼 상을 차렸고, 우리 네 식구는 TV 앞, 항상 앉던 그 자리에 모여 저녁을 먹었다. 모든 것이 이전과 똑같았지만 나만은 좀 달랐다. 도망가기 전에 나는 점점 야수가 되어가는 중이었는데, 하룻밤 사이에 어딘가 멀리 오래 다녀온 것처럼 편안한 기분이 들었다.

그날 밤, 칭얼거리는 둘째 아이를 토닥거리면서 나는 혼자만의 방을 생각했다. 도망갔던 그 방의 작은 협탁 옆,

흐릿한 조명 밑, 바스락거리는 시트 위. 나는 그곳에 조금씩 나를 떼어놓고 왔다. 그곳에 있는 나는 혼자 웃고, 멍하니 쓸데없는 생각에 빠지기도 하면서 빈둥거리고 있을 것이다.

나는 아이들과 집에 있을 때 종종 혼자만의 방을 떠올린다. 그리고 그곳으로 떠나는 나를 남몰래 배웅한다.

'그곳에 갈래? 그럼 잘 다녀와.'

이런 상상을 하고 끝내 나는 쓰게 웃는다. 만약 이 모습을 보고 딸애가 "엄마 왜 웃어?" 하고 물어보면, 나는 "아무것도 아냐" 하고 대답할 거다. 아무것도 아니긴. 나는 지금 혼자 도망칠 방을 떠올리고 있단다. 연인을 애틋하게 기다리듯 나를 기다리고 있는 방. 나를 묻을 무덤같이 고요한 방. 우리 모두에게는 그런 혼자만의 방이 필요하다.

잘하지 못해도
된다

내가 가장 좋아하는 작가는 '헤르만 헤세'이다. 성과 이름 모두 '헤'로 시작해서 그 이름을 듣자마자 좋아했다. 헤르만 헤세라니, 어디론가 날아갈 것 같은 이름이다. 나는 헤르만 헤세의 대표작인 《데미안》보다 《황야의 이리》를 더 좋아한다. 이유는 단 하나, 바로 이 구절 때문이다.

"영혼은 무수하다. 인간은 수백 개의 껍질로 된 양파이고, 수많은 실로 짜인 천이다."

사람에게는 많은 글도, 많은 책도 필요 없다. 그것을 다

담기에 우리는 너무 바쁘고 너무 쉽게 잊는다. 오늘 하루를 견디게 해주는 것은 단 한 구절이면 된다. 나 역시 지금껏 그 한 구절을 오래 간직하며 살아가고 있다.

그동안 나는 '나민애'라는 사람이 일관성이 없어 불만이었다. 어제오늘 이랬다가 저랬다가 변덕스러워 자책이 들었다. 그런데 영민한 헤르만 헤세 선생은 소설을 통해 내 안에 무수한 영혼이 있어도 된다고 허락해주었다. 오전과 오후의 내가 다르고, 어제와 오늘의 내가 다르다. 그래서 나는 날뛰듯 바뀌는 나의 모든 가면을, 가짜가 아니라 진짜로 생각하려고 노력한다. 나는 내 안의 수많은 나에게 속삭인다. 불안으로 날뛰는 나민애들아, 괜찮아. 괜찮아.

나는 누구인가. 나는 딸이자 아내, 엄마, 여자, 학생, 선생, 작가이다. 나는 매일 나 자신에게 묻는다. 나는 누구인가. 그리고 매번 마음에 드는 나를 찾아 그날을 함께한다. 매일매일 다른 내가 모여 '나민애'가 된다. 그중에서 가장 오래 함께하는 건 '일하는 엄마'다.

술 취한 호랑이든 사나운 호랑이든 '호랑이'라는 사실은 변하지 않는다. 우리는 날마다 자신에게 물어볼 필요가 있다.

'나는 어떤 사람이지?'

나는 '일하는 엄마'다. '엄마'라는 건 변할 수 없는 본질이다. 그렇다면 좀 잘해야 하지 않을까? 하지만 나는 '엄마'인 것에 영 익숙하지 않고 엄마로서 해야 할 일에 서툴다. 왠지 몸에 맞지 않는 옷을 입은 것처럼 어색하기만 하다.

내가 엄마가 된 지 어느새 15년이 되었다. 귀가 닳도록 "엄마" 소리를 들었는데, 왜 이렇게 어색한 걸까. 나는 그 이유를 알지 못해서 때로 나 자신을 비난하곤 했다.

그렇게 내가 비난의 늪에 빠져 허우적거릴 때 우연히 집어 든 책이 《황야의 이리》였다. 헤르만 헤세는 이 책에서 영혼이 수없이 많다고 했다. 그렇다면 엄마 중에서도 덜 표준적인 엄마, 좀 부족한 엄마도 있지 않을까. 그런 생각이 들자 이내 소란하던 마음이 가라앉았다. 세상에는 수많은 영혼이 있고 수많은 엄마가 있다. 그러니 나처럼 엄마가 어색한 사람도 어딘가에는 있을 거다.

어려서는 40대가 되면 완성형 인간이 될 거라고 생각했다. 대단한 사람이 되어 있을 것만 같았다. 그런데 착각이었다. 나와 비슷한 시기에 태어나서 대학에 입학한 여성들은 대개 '알파걸'의 교육을 받았다. 남녀가 평등하며, 능력만 있으면 모든 것이 가능하다고 배웠다. 선생님들은 지구본을 보여주며 "너희는 저 넓은 곳으로 나아갈 거야"라고 말씀하셨다. 그래서 나는 죽자 사자 공부했다. 한 시대의 문을 여는 사람이 되고 싶었으니까. 우리는 알파걸이었으니까.

알파걸이 갈 수 있는 땅은 무궁무진할 줄 알았다. 그런데 현실은 그렇지 않았다. 결혼하고 아이를 낳은 뒤 내가 나아갈 곳은 전 세계가 아니라 '집'이었다. 결혼하고 나서 매일 아침 시어머니는 내게 전화를 하시고는 항상 같은 걸 물어보셨다.

"네 남편 오늘 아침에는 뭐 먹였니?"

나는 우물쭈물했다. 그다음 날부터 나는 매일 아침식사를 차리기 시작했다. 도서관에 가고 싶어도 꾹 참고 마트에 가서 장을 봤다.

나는 월급쟁이다. 남편과 똑같이 돈을 벌고 있다. 그런데도 아이가 아프면 나 혼자만 '죄송합니다' 하고 집으로 돌아온다. 남편은 안타까워하고 나는 뛰어다닌다. 그래서 아이가 열이 날 것 같으면 가슴부터 두근거린다. 아이가 아프니 내 맘도 아프고, 무조건 아이에게 가야 하니까 일정이 꼬여서 속도 쓰리다. 희한하게도 논문 발표일이나 무언가 제출해야 하는 날이면 마치 약속이나 한 것처럼 아이가 아팠다.

분명 나는 알파걸이었다. 알파걸은 진취적인 사고와 자신감을 가지고 앞으로 나아가는 사람이다. 나는 전 세계를 항해할 준비를 했기에 직진 본능을 가지고 있었다. 그런 내가 전 세계로 나아가는 대신 집을 선택했기 때문에, 집에서라도 완벽해야 했다. 반드시 잘 해내야 한다는 강박에 시달렸다. 남편에게는 식사와 빨래를, 아이들에게는 사랑을 주고 케어해야 한다는 의무감이 있었다.

전직 알파걸도 엄마는 처음이라서 잘못된 판단을 했다. 나의 에너지를 50퍼센트는 집에, 나머지 50퍼센트는 일에 갈아 넣었다. 그러다 보니 남는 것이 없어서 나를 위해서는 에너지를 쓰지 못했다. 결국 집과 일터에서 삐걱대기

시작했다. 나는 일터에서는 못난이, 집에서는 죄인이었다.

지금에서야 소중한 30대를 왜 그렇게 소비했을까 후회스럽다. 그러지 말아야 했다. 나부터 챙겨야 했다. 내 마음이 앙상해지면 남편이나 아이도 다 소용없으니까.

시어머니가 전화해서 물어봤을 때 "어머니, 식빵 한 쪽도 우리는 같이 나눠 먹어요. 그래서 좋아요" 이렇게 이야기했어야 했다. 아이가 아플 때 남편에게 "여보, 내가 급한 업무가 있으니 오늘은 당신이 아이들을 보살펴줘. 밤에는 내가 볼게" 이렇게 이야기했어야 했다. 당시에 그렇게 이야기하지 못한 게 후회스럽다.

"잘하지 못해도 괜찮아. 오래 하다 보면 그럭저럭하게 된다."

이 말을 해준 건 아버지였다.

아버지는 옛날이야기를 들려주는 걸 좋아하셨다. 어느 날 내가 친정집에서 지친 표정으로 앉아 있을 때였다. 내가 가지고 있는 이름표가 너무 많아서 신물이 났을 때였다. 당시 아버지는 발톱을 깎으며 무심하게 이야기하셨다.

"내가 어렸을 적에 6.25전쟁이 났거든. 그때 사람들이 죄다 피난 가고 난리도 아니었어. 너도 배웠지? 피난을 가는데 먹을 게 제대로 있었겠니. 못 먹고 못살던 시절인데 전쟁까지 나니까 더했지. 그때 어떤 아비가 있었는데, 그 아비가 음식을 구하면 배곯는 자식한테 먼저 먹였대. 음식을 아주 조금 얻으면 그 아비는 먹지 않고 자식한테 다 먹였다더라. 눈앞에서 자식이 배고프다고 하니 아비가 참은 거지. 한편 또 다른 아비는 음식을 구하면 자식이랑 반씩 나눠 먹었대. 두 아비 모두 배불리 먹지 못한 건 똑같지. 그런데 나중에 그 둘이 어떻게 된 줄 알아? 자식만 먹인 아비는 굶어서 죽어버렸대. 그다음에 자식은 어떻게 됐겠어? 반면 음식을 나눠 먹었던 아비와 자식은 살아서 고향 마을로 돌아갔대. 둘이 오랫동안 잘 살았대."

　여기까지 이야기하셨을 때, 아버지는 이미 발톱을 다 깎으신 후였다. 나는 내 쪽으로 튕겨 나온 발톱을 손바닥으로 쓸어 담아 아버지에게 넘겨줬다. 아버지는 그걸 화장지에 잘 감싸서 휴지통에 버리셨다. 아버지가 발톱을 버릴 때, 나는 내 죄책감도 함께 버렸다. 알파걸의 강박도, 전 세계 대신 집을 선택했다는 피해의식도 버렸다. 집을 잘 돌봐야 한다는 생각도 버렸다.

그러고도 한참 동안 삐걱거리는 것들을 버렸다. 친정에서 집으로 돌아오는 길에 나는 의무감을 가지고 '해야만 했던 것들'을 하나둘씩 버렸다. 그렇게 다 버리고 집에 돌아오니 깊이 잠들 수 있었다.

나는 온 가족이 배고파도 음식을 나눠 먹을 수 있는 엄마가 되기로 했다. 내가 먼저 굶어 죽을 수는 없기 때문이다. 세상에 태어나 처음부터 잘하는 사람이 어디 있겠는가. 엄마로 사는 것도, 일하는 것도 마찬가지다. 세상에 완벽한 엄마는 없다. '오래 하다 보면 그럭저럭 잘하게 되겠지, 아니면 말고' 하는 생각으로 살아야 한다. 처음부터 잘해야 할 이유는 없다.

때로 우리는 많은 조언과 충고를 듣는다. 그런데 이런 훈수를 다 담기에는 우리가 너무 바쁘고 힘들다. 단 한 구절이면 충분하다.

"영혼은 무수하다. 인간은 수백 개의 껍질로 된 양파이고, 수많은 실로 짜인 천이다."

　나는 이 구절을 마음속에 담아두고 산다. 이 문장을 찾기 위해 그렇게도 나의 30대가 신산했을 것이다. 길게 찾고, 짧게 적고, 오래 간직하는 삶. 부디 나의 여생을 그렇게 살고 싶다.

세상에 태어나

처음부터 잘하는 사람이

어디 있겠는가.

"잘하지 못해도 괜찮아.

오래 하다 보면

그럭저럭하게 된다."

처음부터 잘해야 할 이유는 없다.

잊어버리는 것도
축복이다

매년 3월과 9월의 첫날은 내가 제일 긴장하는 날이다. 내가 수업을 하고 있는 대학교의 개강일이기 때문이다. 사실 개강일에는 준비할 게 많지 않다. 그날은 주로 선생님 사용법을 안내하니까.

보통 다른 선생님들은 이름부터 가르쳐주는데, 나는 이름보다 핸드폰 번호를 먼저 알려준다. 아이들이 내 이름을 아는 것은 별로 중요한 게 아니기 때문이다. 그래서 나는 "내 이름은 몰라도 잘 살 수 있으니까, 리포트에 여러분

이름이나 잘 써달라"라고 이야기한다. 그러면 애들이 까르르 웃는다. 그 모습을 보면서 '아, 내가 아이들 웃는 걸 보고 싶었구나' 싶다. 이름이 중요하겠는가. 내가 선생이라는 게 중요하지. 나는 전화번호를 알려주면서도 핸드폰에 저장하지 말라고 당부하지만, 학생들은 다시 웃으며 번호를 저장한다.

매년 새 학기가 되면 카카오톡에 새로운 친구들이 추가된다. 우리는 친구가 아닌데, 카톡은 우리를 '친구'라고 부른다. 결과적으로 나는 매 학기 나보다 어린 100명의 친구들을 사귄다. 그 친구들은 나보다 바쁘게 걷는다. 나에게 잠시 머물렀다가 먼저 떠나버린다.

그때 나는 생각했다.

'그래, 오래 머뭇거리지 말고 훨훨 떠나렴. 그것이 너희에게도 나에게도 잘된 일이겠지.'

맞다. 저들도 나를 잊고 나도 저들을 잊는 게 좋다. 살아가면서 저절로 알게 되는 것이 있다. '잊어버리는 것도 축복이다'라는 사실 같은 것. 내가 학교에서 만난 친구들은 대개 축복 속에 있었다. 나는 이 사실을 마지막 수업에서 가르쳤다. 그래야 그 친구들의 마음속에 다음 선생님이 들어갈 자리가 생기니까.

내가 먼저 잊자고 했는데도 정작 잊지 못하는 건 내 쪽이다. 오랫동안 잊히지 않는 친구들이 있다. 그런 친구는 얼굴과 목소리, 이름까지 분명하게 내 기억 속에 남는다. 그러다 시간이 흐르면서 점차 작아진다. 단, 작아지는 대신 단단하게 굳는다. 원래는 얼굴, 목소리, 이름까지도 명확하게 기억하고 있었는데, 나중에는 하나의 '돌멩이'가 되어버리는 것이다. 모든 게 희미해지고 어떤 이미지만 남는다.

내 마음속에는 제법 많은 돌멩이가 굴러다닌다. 그 돌멩이를 보면서 가끔 생각한다. 기억이 많으면 마음에 자갈밭이 생기겠구나 하고. 자갈밭은 초록 식물에게는 곁을 내어주지 않는다. 자갈은 오로지 자갈을 부른다. 마음이 무거워진다는 건, 마음밭에 자갈이 많아진다는 말과 같다.

자갈밭에는 예쁜 조약돌만 있는 게 아니라 아픈 돌멩이도 있다. 나에게도 마음속을 돌아다니며 자꾸 상처를 내는 한 돌멩이가 있다. 이 아픈 돌멩이는 선생으로서 미숙할 때 생겨났다. 나는 2007년부터 시간강사를 했는데, 그즈음 만난 친구가 있었다. 학기 초반에 간단한 숙제 예고를 해주고, 수업 진도가 나가면 그 후에 구체적으로 숙제에 대한 설명과 일정에 대해 이야기했다. 그날도 그랬다.

"자, 이번 숙제는 A4용지 세 장이야. 다음 주까지 제출해."

이러면 꼭 협상을 시도하는 친구들이 있다.

"너무 힘들어요, 선생님. 며칠 동안 밤샘했는데 조금만 줄여주세요. 마감 시간 좀 늦춰주세요."

이렇게 투덜거리는 친구들을 보면 그게 또 얼마나 귀여운지 모른다. 그 귀여움에 홀라당 넘어가서 "그래, 두 장으로 줄여줄게" 했다. 그런데 그게 사건의 발단이 되었다.

수업 시간에 항상 맨 앞에 앉는 친구가 있었는데, 그 친구가 갑자기 교과서에 볼펜으로 죽죽 빗금을 치기 시작했다. 그러더니 수업 시간에 갑자기 일어나서 욕을 섞어가며 계속 뭐라고 중얼거리고, 책을 한 장씩 찢어서 앞으로 던졌다. 그 모습에 너무 당황스러워서 어찌할 바를 몰랐는데, 정신을 차리고 보니 나 혼자만 굳어 있었다. 다른 학생

둘.
*
100

들은 마치 그 친구가 보이지 않는 듯 장난치고 떠드는 데 집중했다. 그 반응에 나는 또다시 마음이 굳어졌다.

결국 수업을 중단시켰다. 책을 찢던 그 친구를 제외한 모두를 교실 밖으로 내보냈다. 그 친구는 고개를 푹 숙인 채 자리에 앉아 계속 뭐라고 중얼거렸다. 자세히 들어보니, 갑자기 숙제 분량이 줄어들어서 기분이 나쁘다는 것이었다. 자신은 이미 숙제를 했다면서. 나는 눈높이를 맞추기 위해 그 친구 옆에 쪼그리고 앉았다.

"선생님이 잘못했으니까, 선생님 좀 봐봐. 얘기 좀 하자. 나 좀 봐봐."

나는 그 친구와 이야기하려고 계속 시도했다. 하지만 그 친구는 아무런 반응도 보이지 않았다. 내가 책을 다시 사주겠다고 해도 그 친구는 어떤 말도 하지 않았다.

숙제 분량 한 장이 줄어든 것 때문에 충격을 받고 책을 찢어버리다니. 나는 그 친구를 보며 마음이 아팠다. 솔직히 그 친구도 다른 학생들 앞에서 그런 행동을 보여주고 싶지는 않았을 것이다. 그런데 미숙한 선생 때문에 그 친구는 분노를 참지 못했다. 그게 너무 미안했다. 나는 그 친구에게 내 책을 주고 다음 수업 때 꼭 오라고 말해주었다.

서울대학교에 입학할 정도면 그 친구의 학업 성적이 매우 좋았을 것이다.

'열심히 공부하느라 힘들었던 걸까. 어쩌면 앞으로 더 힘들어질 수도 있는데, 대학 졸업 후에 사회생활 하는 게 더 힘들 텐데. 그때마다 찢을 책이 없으면 어찌할까.'

그 친구의 마음과 상황을 헤아리고 싶었지만 다 알 수가 없었다. 그 친구의 사정은 그 친구만 알 수 있는 거니까. 확실한 것은 친구가 힘들면 나도 힘들다는 사실이다. 나는 그 친구를 어떻게 할 수 없었다. 그저 그 친구를 지켜보고 자주 말을 걸어주는 수밖에.

종종 텅 빈 교실에 혼자 있을 때면 그 친구 생각이 난다.

'그때 너는 저기쯤에 앉아 있었는데, 이제는 내 기억으로 들어와 돌멩이가 되었구나.'

그 친구가 뭐라고 중얼거리면서 갑자기 일어서던 모습. 고개를 숙인 채 교과서를 한 장씩 찢어 앞으로 던지던 장면. 구겨진 종이들이 팔랑팔랑 떨어지던 모습. 당시 나는 그 친구를 보낸 뒤에 울면서 그 자리를 청소했다.

　돌멩이에 맞으면 누구나 아프다. 기억도 마찬가지다. 아팠던 기억이 돌이 되어 자리를 잡는다. 그럼에도 그 기억이 원망스럽거나 싫지는 않다. 다만, 내가 그 친구의 돌멩이가 되지 않았길 바랄 뿐이다. 나는 그 친구를 기억하지만 그 친구는 잊었기를. 나는 울었지만 너는 이제 울지 않기를.

아버지의
유산

우리 아버지는 시인 나태주다. 아버지는 대중에게 많이 알려져 있고 나는 학생들에게만 알려져 있다. 그러다 보니 대중에게 나를 알릴 때 아버지의 이름이 부록처럼 끼어들지도 모른다. 출간 준비를 하면서 생각하건대 '아버지의 덕을 보려는 거냐?' 이런 시샘을 받을 수도 있겠다 싶었다.

그래서 미리 말하고 싶다. 내가 받은 유산은 유명하지 않은 나의 아버지에게서 나왔다. 내가 어릴 적에는 아버지가 가난한 선생님이었고, 내가 학업을 끝냈을 때는 아버지가 무명 시인이었다. 내가 사회에 자리 잡았을 때는 아버지가 돈이 없어 쩔쩔 맸을 때였다. 나는 아버지가 유명해지기 전에 이미 아버지의 도움과 결별했다.

아버지는 내가 성장하는 동안 그 어떤 특혜도 주지 않았다. 자식이 이미 다 자랐는데, 그다음에 줄 게 뭐가 있겠는가. 시골에 사는 시인이 서울에 사는 딸에게 말이다. 아버지는 8천만 원짜리 아파트에 살고 계신다. 자가인데, 집값이 현재 내가 살고 있는 전셋집보다 싸다. 나는 아버지보다 돈도 많고 가방끈도 더 길다. 물론 키도 더 크고.

그럼에도 나는 풍족한 상속자라고 말할 수 있다. 아버지에게 받은 유산이 너무 많아서 여생 내내 들여다봐도 다 못 볼 정도다. 너무 소중하고 귀해서 금고에 보관되어 있는 유산 중 일부를 여기에 공개하려고 한다.

유산 1.

우리 아버지는 자전거를 잘 탔다. 어린 나를 자전거 짐받이에 태우고 울퉁불퉁 오솔길을 지나다녔다. 눈을 감으면 아직도 그때가 선하다. 바람이 불어와 볼을 간질였던 것도, 엉덩이가 아팠던 것도. 아버지가 모는 자전거 뒷자리에 타는 게 좋아서 여태껏 자전거 타는 것도 안 배웠다. 내가 자전거를 탈 줄 알면 아버지가 안 태워줄까 봐. 그렇다. 탈 줄은 모르고 기억으로만 남은 '자전거', 그게 내가 가진 유산 중 하나다.

유산 2.

어릴 때 나는 곱슬머리여서 머리 빗는 시간이 유난히 오래 걸렸다. 그런 내 머리를 아버지는 정성스럽게 빗겨주면서 이렇게 말해주었다.

"민애는 똑똑하고 지혜롭기도 하지."

세상이 근거 있게 나를 비난할 때, 나는 근거 없는 저 말을 생각한다. 그리고 이 말은 내 아이에게 다시 물려줄 유산이 되었다.

유산 3.

아버지는 낡은 사진기로 내 사진을 참 많이도 찍어줬다. 그때마다 내게 사진기를 들이대며 이렇게 설득하곤 했다.

"야, 이 순간밖에 없다. 남는 건 사진뿐이다."

왜 이렇게 사진에 목맸던 걸까. 그 이유는 알 수 없지만, 아버지는 사진 찍는 걸 엄청 좋아했다. 본인이 상 받으러 가는 시상식에서도 남의 사진만 잔뜩 찍어왔으니까. 덕분에 아버지가 찍어준 사진은 내가 소중히 간직하는 유산 중 하나이다.

유산 4.

나는 사람들의 눈치를 엄청 본다. 내 성격이 소심하기도 하지만 그 누구와도 잘 지내고 싶기 때문이다. 그런 내가 상경을 하게 되자 아버지가 걱정이 되었던 모양이다.

"너를 구원하는 건 포퓰리즘(populism)이 아니야. 네가 생각지 않았던 한 사람이 네 손을 잡아줄 거야. 시골의 이름 없는 시인인 나에게도 세상은 그랬다."

그동안 내 곁에 있던 수많은 친구는 어느 순간 썰물처럼 사라졌다. 그러면서 알게 되었다. 내가 진창에 빠질 때 옆에 있어줄 한 사람만 있으면 된다는 것을. 그리고 아버지가 일찍이 내게 전해주었던 그 말은 나에게 귀한 유산이 되었다.

나의 아버지 이야기에 어쩌면 이 책을 읽는 독자들은 급격히 늙어버린 자신의 부모님을 자연스레 떠올릴지도 모르겠다. 나 역시 어떤 말을 들으면 자연스레 내 상황을 떠올리게 되니까. 뉴스에서 누군가의 장학금 소식을 들으면, 내 등록금이 모자라서 발을 동동거리던 엄마가 생각나 입이 쓰다. 부모님이 차와 집을 사주었다는 얘기를 들으면, 다음에는 어디로 이사 가야 할지 걱정하는 내 처지에 속상한 마음이 든다.

이런 생각이 들 때마다 내가 받은 아버지의 유산이 점점 빛이 바랜다. 내게 빛나는 것은 오직 그것뿐인데 말이다. 그래서 혹여나 속이 상하면 고개를 절레절레 저으며 속상함을 떨구어낸다. 내가 가지지 못한 것보다 가지고 있는 것을 생각한다. 내게는 아직 정리하지 못한 유산 목록이 있다. 남들의 통장이 불어날 때, 나에게는 유산이 불어날 것이다.

사람의 영혼은 기억으로 만들어진다. 영혼은 과거의 감정, 말, 온도, 장면들이 더해져 새로운 콜라주가 되어간다. 내 영혼이 쉽게 아픈 것은 나의 기질 탓이지만, 그럼에도 곧 회복되는 것은 좋은 기억 덕분이다. 아버지가 붙여준 기억의 말, 어머니가 발라준 과거의 온기 같은 것 말이다.

서정춘의 〈30년 전-1959년 겨울〉이라는 시가 그렇다. 서정춘 시인은 1959년 겨울에 들었던 아버지의 말 하나를 붙들고 무려 30년을 버텼다. "가서 배불리 먹고 사는 곳"이 고향이라는 말. 배고팠던 진짜 고향은 잊고 부디 어디서나 배부르게 먹고 살라는 당부. 그의 유산은 아버지의 말 한마디뿐이었다. 유산이 말 한마디뿐이라니, 그를 가난하다고 할 수 있을까? 단순히 유산이라는 단어만으로 따져보면 가난하다고 할 수 있겠다. 하지만 한 아들이 한 아버지에게서 물려받은 이 축복은 특혜이다.

뉴스는 지나치고 시는 지나치지 못하는 일. 문학은 평범한 아버지들의 유산을 몹시 사랑한다. 시에서는 평범함이 특수하게 다뤄진다. 우리는 아버지에게 덕 본 일이 있다. 나도 받았고 이 책을 보는 당신도 받았다. 거창한 소문에

서는 잊혀져도 가까운 기억에서는 긍정되는 일. 우리는 분명히 덕 본 일이 있다. 누군가에게 목숨만큼 특별한 사람이었다. 그것이 오늘의 나를 견디게 한다. 내일의 나를 살게 한다.

'괜찮아' 버튼을
누르세요

　서울대학교 학생들에 대한 기초 학력 저하 문제가 심각하다는 뉴스를 본 적이 있다. 그런데 실제로 내가 만나본 학생들은 다르다. 그들은 폭넓은 지식과 다양한 경험이 있는 능력자들이다. 내 주변에는 서울대학교를 나온 사람이 제법 있는데, 그들에게 지금 다시 공부해서 서울대에 입학할 수 있냐고 물으면 하나같이 못 들어갈 것 같다고 입을 모은다. 젊은 친구들은 내가 학교 다닐 때보다 진화했다.

　나는 종종 대학생들을 보면서 대체 그들의 20년은 어땠

을까 생각한다. 아마 그들의 삶은 다른 사람들보다 2배속, 3배속으로 돌아가지 않았을까. 그들 중에는 벌써 지쳐 있는 아이들 투성이다. 그럴 수밖에 없는 이유가 있다. 나민 애 교수 피셜, 서울대에 들어오기 위해서는 세 가지 능력이 필요하다.

첫 번째, 문제 풀이 능력이다. 이건 시중에 나와 있는 모든 문제집을 풀어봐야 갖출 수 있는 능력이다. 학생들은 여러 문제집을 풀면서 수능 준비를 한다. 때문에 내가 학생들보다 책은 많이 읽었을지 몰라도, 수능 언어영역 문제지를 풀면 학생들보다 낮은 점수를 받을 것이다.

두 번째, 적게 실수하는 능력이다. 문제를 잘 푼다는 건 사실 실수가 적다는 것이다. 내신이 고르게 좋고 수능 점수가 높다는 것 역시 실수가 적다는 것이다. 사람이라면 실수할 수 있지만, 성적으로 평가받는 입장에서는 작은 실수도 치명타가 될 수 있다. 그 두려운 실수를 줄이려면 작은 일에 유난하게 굴 수밖에 없다.

세 번째, 행복 유예 능력이다. "연애는 대학 가면 할 수 있다, 지금은 고되겠지만 대학 가면 마음껏 놀 수 있다." 이런 말은 모두 거짓이다. 어쩌면 아이들도 그 사실을 진작에 알았을지 모른다. 그럼에도 오늘의 행복을 내일로 미루면서 중고등학교 6년을 버텼을 것이다. 그렇게 하지 않으면 오늘의 고단함을 상쇄할 수 없으니까. 아이들은 오늘의 행복을 다 누리면 내일이 가난하다고 믿는다. 그 믿음이 전혀 거짓말도 아니어서 나는 쉽게 반박할 수가 없다.

내가 본 학생들을 정의하자면 이렇다. '열심히 최선을 다하면서도 언제 잘못될까 불안해 오늘이 행복하지 못한 사람.' 물론 모든 우등생이 이런 것은 아니다. 다만 자발적으로 이런 사람이 되어야 대학에 입학할 가능성이 커진다는 말이다.

그걸 알면서도 내 아이에게 계속 열심히 공부하라고 해야 하는 걸까. 고생 끝에 낙이 온다고 말해줘야 하는 걸까. 나는 내 아이의 학원을 열심히 알아보면서도 대안을 찾아야 한다는 생각을 떨치지 못한다. 그럼에도 나는 결국에는 어쩌지 못하고 내 아이를 입시 전쟁에 보내고 말 것이다. 아이의 고단함을 동정하고 내 자식을 위한 거라 기만하면서. 다른 방법이 없다는 생각에 세상과 타협하면서. 이런 상상을 하면 자괴감이 쓰나미 급으로 몰려온다. 그럼 또 내 아이에게 미안하고, 모든 아이에게 미안하다.

　내 수업을 들은 학생들은 가끔 나보고 엄마 같다고 한다. 칭찬인 듯하지만 어쩐지 그 말을 들으면 기분이 묘하다. 예전에는 이모 같다고 했던 적도 있는데 말이다. 이런 얘기를 들을 때, 내가 나이를 먹었다는 걸 실감한다. 아마 몇 해만 지나면 강의 평가에 '쌤, 우리 할머니 같아요'라고 써놓을 것 같다. 그러면 화를 내주리라.

　기분이 좋거나 애들이 예뻐 보일 때, 나는 종종 수업시간에 첫사랑 이야기를 들려준다. 그러면서 내 첫사랑은 좀 아팠으니까 너희는 아프게 사랑하지 말라고 한다. 그러면 아이들은 아파도 사랑 좀 해보고 싶다며 난리다. 물론 스무 살은 그럴 때다. 때로는 결혼 이야기도 들려주면서 결혼에 대한 환상을 깨라고 한다. 그럼 아이들은 고개를 끄덕거린다. 진지한 조언이 아닌데 진지하게 받아준다.

　이때 나는 '괜찮아' 버튼을 홍보한다. 첫사랑 이야기를 하고, 결혼 이야기를 하면서 나에게 '괜찮아' 버튼이 되어

준 사람의 이야기까지 한다. 아무도 안 믿겠지만, 사실 이 것은 내 의도된 수업 교안이다. '괜찮아' 버튼은 애초에 내 가 필요해서 구한 것이다.

학생들은 나를 엄마나 이모 같다고 하지만, 내가 생각하 는 나의 이미지는 폭군 또는 고약한 학대자다. 나는 스스 로를 채찍질하고 학대한다. 그렇게 하지 않으면 실수하니 까. 실수하면 두렵고, 두려워하는 것보다는 아픈 게 나으 니까.

내가 나 자신을 학대할 때 막아준 사람들이 있었다. 그 중 한 사람이 남편이다. 내가 나 자신을 함부로 대할 때 남 편은 "당신은 소중한 사람이니까 자신을 아껴주세요"라고 말해주었다. 때로 내가 나 자신을 폄하하면 홍반장처럼 어 디선가 나타나서 "괜찮아, 그럴 수도 있지"라고 말해줬다. 이 말을 처음 들었을 때는 오히려 남편에게 화를 냈다. 거 짓말 같았기 때문이다. 그런데 남편은 20년 내내 늘 한결 같이 "괜찮아, 그럴 수도 있지"라고 말해줬다.

그렇게 남편의 이야기를 계속 듣다 보니 나 역시 아이들 에게 말하고 있었다. "괜찮아, 그럴 수도 있지" 하고. 그러면 불안해하던 아이들의 표정이 금방 차분해진다. 아이뿐 아니라 나 자신에게도 말해준다. 그럼 날뛰던 심장이 차분하게 가라앉는다. 우리나라에 장산범이라는 귀신이 있다. 장산범은 한 번 들은 목소리는 기가 막히게 흉내 내서 사람을 홀린다. 만약 "괜찮아, 그럴 수도 있지" 같은 말들이 장산범의 장난이라면 평생 속아도 좋을 것 같다. 처음에는 거짓말 같던 이 말이 언젠가부터 내게 안정제가 되었고, 이제는 일상어가 되었다. 습관처럼 중얼거리면 보약이 따로 없다.

사람이 평소 어떤 일에 애쓰다 보면 쉽게 불안해지고, 불행하다 느끼기 시작하면 마음이 종잇장처럼 얇아진다. 이 상태에 이르면 자기 자신을 바르게 판단하기 어렵다. 자존감과 자신감이 바닥으로 떨어진다. 사람들은 자존감과 자신감의 중요성을 누구보다 잘 알고 있다. 그래서 그것을 높이기 위해 노력을 하지만 금세 힘들어한다. 나 역시 그랬다. 아니, 지금도 나는 불안 강박증자다. 다만 이런 상황에 처했을 때 해야 할 일이 있다는 것을 말하고 싶다. 덜 불안하도록, 행복할 수 있는 것을 찾도록 노력하는 것이다. 공부 중에서 가장 중요한 건 마음공부이니까.

　나는 수업 시간에 '괜찮아' 버튼 품앗이를 한다. 친한 친구에게 '괜찮아' 버튼을 만들어서 서로 사용하기를 추천한다. 이를테면 이런 것이다. 누군가 "나, 이번 시험 망했어. 어쩌지?" 하고 친구 손등의 '괜찮아' 버튼을 누르면, 그것을 인지한 상대방이 "괜찮아, 그럴 수도 있지" 하고 답하는 것이다. 반대로 상대방이 "요즘 기분이 너무 안 좋아. 나 우울한 것 같아" 하면 이편에서 "괜찮아, 그럴 수도 있지" 말해주는 것이다. 이렇게 서로 말해주는 것이 반복되면, 나중에 친구가 없어도 내 마음의 '괜찮아' 버튼을 누를 수 있게 된다. 친구가 자신을 달래주었듯이 자기 자신을 달래줄 수 있는 것이다.

　나는 내 안의 '괜찮아' 버튼을 날마다 누른다. 이 중독적인 행동을 하지 않으면 안 될 만큼 바쁘게 살고 있다. 그런데 혼자 해결되지 않을 때가 있다. 그럴 때는 아이들과 남편에게 '괜찮아' 버튼을 눌러달라고 요청한다. 기계적으로 나오는 말이어도 "괜찮아"라는 말을 들으면 안정이 된다.

'괜찮아' 버튼은 분명 효과적이고 달콤하지만, 생각해보면 조금 씁쓸하기도 하다. 버튼에 익숙해지면 또 다른 욕심이 든다. '괜찮아' 버튼이 없어도 괜찮은 삶이면 좋겠다고. 모든 아이가 이 버튼이 없어도 잘 살 수 있는 세상이 되면 좋겠다고. 지금은 가능하지 않더라도 언젠가 꼭 그렇게 되기를 소망한다.

사람이 평소 어떤 일에

애쓰다 보면 쉽게 불안해지고,

마음이 종잇장처럼 얇아진다.

자존감과 자신감이 바닥으로 떨어진다.

이런 상황에 처했을 때 해야 할 일이 있다.

덜 불안하도록,

행복할 수 있는 것을 찾도록

노력하는 것이다.

가장 중요한 공부는 마음공부이니까.

나는
소심한 사람입니다

　나는 책을 많이 읽었다. 누군가 그것이 자랑거리냐고 묻는다면 '그렇다'고 답하겠다. 어렸을 때 우리 집에는 먹을 것보다 책이 많았다. 여태껏 우리 집처럼 책이 많은 집을 보지 못했을 정도다. 지금까지도 나는 책을 사는 데에는 돈을 아끼지 않는다. 이것은 남다른 아버지의 영향이 크다.

　아버지에게 가장 나쁜 사람은 책을 빌리고 돌려주지 않는 사람이다. 아버지는 책을 빌려가서 돌려주지 않은 친구의 뒷담화를 종종 했다. 그 얘기에 맞장구를 치다 보니 나도 모르게 책은 좋은 것, 책 도둑은 제일 나쁜 짓이라는 생각을 하게 되었다. 가정교육이라는 게 이렇게 무섭다. 여하튼 나는 책을 읽을 때 제일 안정된 심박수와 행복한 뇌파수를 자랑한다. 이건 굳이 체크하지 않아도 알 수 있다. 책을 읽으면서 눈이 점점 나빠지는데도 오히려 기쁨을 느낀다. 눈이 멀 때까지 책만 읽을 수 있다면 얼마나 행복할까 생각한다.

나는 왜 책을 좋아하게 되었을까. 이것에 대해 오랫동안 생각했는데, 그 이유를 요즘에서야 알게 됐다. 나는 사람을 어려워한다. 사람을 만나는 게 너무 힘들다. 치명적인 약점이라고는 할 수 없지만, 나를 힘들게 하는 원인인 것은 분명하다. 마치 햇빛 알레르기처럼 나를 오래, 은근히 피곤하게 만든다.

나에게 '책'은 '사랑스러운 쉼터'요 '보장된 도피처'다. 사람을 만나는 게 어색해서, 나는 언제든 편하게 만나고 이야기를 나눌 수 있는 책과 사귀었다. 인간관계를 즐겼다면 좋았을 텐데 나는 그게 영 어렵다. 자주 보는 사람은 괜찮다. 문제는 낯선 사람, 안면만 익힌 사람, 차마 모르는 척할 수 없는 사람들을 만날 때다. 그럴 때 나는 다음과 같은 수순을 반복하게 된다.

1. 약속 시간 전까지 긴장한다. 그 증거로 입에 침이 마른다.
2. 만나는 시간 동안 내가 또 다른 인격체가 된 듯 헛소리를 한다.
3. 집에 돌아올 때 긴장이 풀리면서 과하게 피로감을 느낀다. 그래서 다음 날 입병이 돋기도 한다.
4. 잠들기 전까지 내가 했던 헛소리와 과도한 액션을 곱씹어 생각하며 이불킥을 한다.

이런 내 자신이 너무 한심하게 느껴져서 남편에게 물었다. 내가 정말 이런 수순을 반복하느냐고. 그러자 남편은 오래 생각하지도 않고 '그렇다'고 대답했다. 그 말을 듣고 한숨이 절로 나왔다.

사실 누가 나에게 만나자고 하면 거절도 잘 못한다. 그런데 식사까지 같이하면 더 불편함을 느낀다. 나와 만났던 사람들은 잘 모를 것이다. 면전에서는 밥을 잘 먹어도 번번이 화장실에 가서 소화제를 꺼내 먹었으니까. 때론 이런 내 성격이 병이 아닌지 검색도 해보고 상담도 해보았다. 그러면 결과는 다 비슷했다. 소심해서 그런 것이다.

이렇게 소심한 내가 많은 사람 앞에서 강의를 하게 된 것은, 어쩌면 하늘의 배려일지도 모르겠다. 처음 강의할 때는 심장이 곧 터질 것 같았다. 수업을 위해 교실 앞문으로 들어설 때마다 속이 울렁거리고 다리에 힘이 풀렸다. 한번은 내 발에 내가 걸려서 학생들 앞에서 넘어진 적도 있다. 지금 생각해도 오금이 저릴 정도로 공포스럽다. 이때 나는 강의를 하기 전까지 온갖 노력을 했다. 스크립트를 쓰고 마치 배우가 대본을 외우듯이 말의 속도와 농담까지 암기했다.

나는 오랫동안 내가 소심하다는 것이 퍽 수치스러웠다. 남들이 알아채면 안 되는 결함이라고 생각했다. 그런데 이제는 소심하다는 것이 잘못이 아니라는 걸 안다. 그저 내 특징 중 하나라고, 그렇게 생각하려고 노력한다.

나의 소심함은 '긴장-헛소리-후회'의 3단계 증상으로 나타난다. 이 사실을 알기에 약속 장소에서 밥을 더 먹으라고 권유하면, 이제는 "제가 소심한데 지금 긴장을 해서요"라고 자연스레 거절을 한다. 또 학생들이 수업시간에 떠들면 "저 소심해서 상처받아요"라고 하면서 은근히 협박하기도 한다.

살면서 많은 사람을 만났는데, 그중에는 나와 비슷한 사람도 있었다. 소심한 사람은 소심한 사람을 알아보는 법이니까. 소심인으로 40년간 살다 보니 알게 된 사실이 있다. 소심한 사람에게는 의외로 중요한 장점이 탑재되어 있다는 것이다. 소심한 사람은 다른 사람을 집어삼키지 않는다. 소심인의 마음은 강풍 없는 선풍기와 같다. 미풍만 내보낸다. 자기 마음이 멍들지언정 절대 남에게 상처 주지 않는다.

나는 소심인이라고 당당하게 말할 수 있다. (사실 지금도 두근거린다.) 앞으로도 쭉 소심할 것이 틀림없기 때문에 보다 유익한 행동을 취하고 싶다. 즉, 나와 같은 소심인 들과 소심함의 효용에 대해 논하고 싶다.

"누군가 나처럼 이불킥 하는 바보 없소?"

우리 함께 소심해서 생기는 불편함 대신 장점에 대해서 밤새 이야기를 나눠보면 어떨까. 소심함 때문에 또 어떤 불편한 상황이 생길지라도, 그 이야기를 함께 나눌 상대가 있다면 기분 좋은 두근거림을 느낄 수 있으리라.

소심하면 뭐 어떤가. 소심인은 남을 물지 않는다. 다른 사람이 아플까 봐 머뭇거린다. 이건 몹시 아름다운 장점이 고 인간적으로 대단히 멋진 특징이다. 나는 오늘 하루도 양처럼 책을 오물거렸을 뿐 아무도 할퀴지 않았다. 이 사 실에 충분히 감사하다.

지금으로도
충분해

"나는 다음 생에 다시 태어나는 걸까."

어렸을 적에 나는 이것이 궁금했다. 그래서 어머니께 물어봤다. 과묵했던 어머니는 슬며시 성경을 내밀었다. 두꺼운 성경을 보자 그걸 언제 다 읽나 싶어 입을 다물었다. 다음에는 아버지에게 물어봤다. 그런데 물어보자마자 후회했다. 짧은 질문에 아주 길게 대답해주셨기 때문이다. 아버지도 모르고 있는 게 분명했다. 나는 내가 다음 생에 태어나는지가 궁금했던 건데, 아버지는 자신의 생에 대해 이야기했다.

당시 나의 젊은 아버지는 이렇게 말했다. 사람에게는 업보가 있다고. 누군가는 사람으로 여러 번 태어난다고. 너는 다시 태어나고, 또 태어나고, 또다시 태어날 거라고. 이제 늙어버린 아버지는 그때의 일을 다 잊었을 것이다. 그때 아버지는 술에 취해서 울고 있었으니까. 아버지는 울었지만 나는 울지 않았다. 단지 무서웠다. 다음 생에 태어나면 어떻게 살지 걱정이 앞섰다.

내가 밖에서는 서울대 선생, 박사 소지자, 잘나가는 특강자일지 모르지만, 안에서는 유리 멘털에 체력마저 부실한 엄마이자 아내다. 내가 종종 아파서 드러누워 있으면 남편은 웃으며 말한다.

"우리 아내는 아프기 위해 태어났나."

왜 태어났는지는 나도 모르고 아버지도 모른다. 아프려고 태어났다 해도 그 말에 마음마저 아프긴 싫다. 그래서 생각했다. 다음 생에 다시 태어나면 지금의 남편을 만나지 않겠다고. 이게 내가 다음 생에 다시 태어났을 때 꼭 하고 싶은 일이다.

다시 태어나면 우선 남편의 현황부터 알아낼 것이다. 그런 다음 우연히 마주칠 수도 없게 열심히 피해 다닐 것이다. 최대한 아주 멀리 떨어져서 살고 싶다. 이 말에 누군가는 남편이 그렇게 싫으냐고, 결혼생활이 힘들었냐고 생각할 수도 있겠다. 하지만 그 반대다. 나는 남편을 만난 것이 내 인생 최대의 행운이라고 생각한다. 살면서 행운이 세 번 찾아온다는데, 나에게는 세 번의 행운이 하나로 합쳐져 이 사람으로 찾아온 것 같다. 반대로 남편은 나의 연약함 때문에 많이도 흔들렸다. 그래서 다음 생에는 남편이 튼튼한 사람을 만났으면 좋겠다.

스물셋에 지금의 남편을 만나 스물여섯에 결혼했다. 남편은 결혼하기 전에 내게 말했다. 내가 뭐든 열심히 해서 예쁘다고. 그런데 결혼한 뒤에 남편은 달라졌다. 그는 뭐든 열심인 나를 멈추게 하려고 최선을 다했다. 예전에는 열심히 해서 예쁘다더니, 이제는 예쁘지 않아도 좋으니 열심히 하지 말라고 애원했다. 그때 알았다. 남편이 나를 정말 사랑한다는 것을.

흔해빠진 게 사랑이라 해도, 나에게 남편의 사랑은 특별하다. 그는 이 세상과 다른 말을 해준다. 세상이 나에게 "더 달려"라고 말할 때, 남편은 나에게 "천천히 걸어도 된다"고 말한다. 다른 사람들이 나에게 "부족하다"고 말할 때 남편은 "충분하다"고 말한다. 그 사람이 하는 말은 나만 알아들을 수 있는 외국어 같다. 이것이 내가 만난 사랑의 효과다.

한번은 영혼까지 갈아 넣을 만큼 열심히 프로젝트를 진행할 때였다. 그 프로젝트는 비록 내 이름은 남지 않아도 성과로 보상받을 수 있는 괜찮은 일이었다. 그래서 나는 모든 체력을 쏟아 일을 했다. 그러다 보니 가정을 등한시하게 됐다. 아이는 외로워했고, 남편은 소외감을 느꼈고, 내 몸은 자꾸 아팠다. 너무 무리했는지 몸과 마음의 엔진이 벌겋게 달아올라 폭주하기도 했다. 그때마다 남편은 달궈진 나의 심장에 물을 부어주었다.

"이제 그만하면 됐어. 충분해."

나는 어리둥절해서 되물었다.

"충분해? 정말 충분해?"

나는 늘 모자라고, 부족하고, 두려웠는데…… . 내 사전에 '충분'이라는 단어는 찾아보기 어려웠다. 그런데 남편은 그 단어를 나에게 꽃다발처럼 안겨주었다. 매일매일 꽃이 피어 있도록 말해주었다.

"너는 이미 충분해."

말은 형태가 없지만 전염이 잘된다. 남편에게서 나온 이 '충분하다'는 말은 이제 내 입에서 나와 다른 사람에게로 돌아간다.

"걱정 마. 너는 충분히 잘하고 있어."

"잘했어?"

"그럼, 잘했지. 더 잘하지 않아도 충분해."

이 말이 필요한 사람이라면 언제든 이 말을 부어주고 싶다. 말에는 빛깔이 없다. 그럼에도 이 말들이 왜 이리 눈부신지 모르겠다. 누구에게도 답을 듣지 못했으니 다음 세상이 있는지는 확신할 수 없다. 하지만 미지수의 확률로 다시 태어난다면 이번보다 더 단단해져 있을 것은 확실하다. 이번 생에서 '이미 충분하다'는 좋은 말을 흠씬 배웠으니까. 남편은 '우리 아내는 아프려고 태어났나' 하며 속상해했지만, 나는 속상하지 않다. 나는 빛나는 말들을 배우려고 여기 왔다. 더 단단해지기 위해서 약하게 태어났다.

"걱정 마. 너는 충분히 잘하고 있어.

더 잘하지 않아도 충분해."

이 말이 필요한 사람이라면

언제든 이 말을 부어주고 싶다.

매일매일 꽃이 피어 있도록.

셋,

아픔도
때론
힘이 된다

마음속의
우는 어린이

공부를 오랫동안 해온 사람들만의 특징이 있다. 세상을 삶으로 배우기보다 책으로 먼저 배운다는 것이다. 한때는 이것이 장점이라고 생각했다. 그런데 지금은 잘 모르겠다. 어떤 유명한 언어학자는 잘 모르는 것은 말하지 말고 확실히 아는 것만 말하라고 했다. 그래서 나는 아는 것만 이야기하려고 한다.

글로 세상을 배운 게 삶으로 세상을 배운 것보다 못하다. 이 사실은 분명하다. 글로 배운 세상은 언젠가 깨져버리고 만다. 예를 들어 나처럼 책의 세계에 익숙한 사람은 다음과 같이 행동한다. 데이트를 할 때 유머러스한 모습을 보이고 싶으면 유머집부터 찾아본다. 또 연애가 끝나면 심리학을 배우거나 좀 더 나아가서 화법이나 의사소통 방법을 공부하기도 한다. 이렇게 공부해도 연애에 젬병인데, 불행히도 이 사실을 뒤늦게 알아챈다.

그렇지만 곰곰이 생각해보면 이것은 굉장히 자연스러운 일이다. 송충이가 솔잎을 먹으며 살듯 책벌레는 책을 먹고 사니까 말이다. 나는 글로 세상을 배운 송충이였다. 병원에서 "임신입니다, 축하드려요"라는 말을 들었던 날, 내가 가장 먼저 한 일은《임신 출산 육아 대백과》책을 구입한 것이었다. 대백과라니, 지금 생각해봐도 참 대단한 이름의 책이다. 놀랍게도 대사전, 총정리, 완결판 등의 이름이 붙은 책은 한 권이 아니었다. 그래서 가장 비싼 걸로 세 권을 샀다. 그리고 달달 외웠다. 나는 구입한 세 권의 책에 공통적으로 등장하는 것을 빨리 외웠다. 마치 고3 수험생처럼.

출산 후에는 육아 서적도 몰아봤는데, 책에는 공통적으

셋.

로 이런 구절이 있었다.

"어린 네가 네 속에서 울고 있다. 그 상처를 극복하지 않으면 좋은 부모가 될 수 없다."

내 상처를 아이에게 유산처럼 전달한다고 하니까 너무 무서웠다. 그건 무시무시한 유전병 같았다. 나는 내 상처가 나만의 것이라고 생각했다. 누구도 들여다볼 수 없는 온전한 내 것. 그런데 그것을 아이와 나누게 된다니, 정말 낭패였다. 책을 읽은 뒤에 생각해보니 저자의 말마따나 분명 내 속에 우는 어린이가 있는 것 같았다.

내 속에 있는 우는 어린이는 늘 엄마 손을 잃고 등장한다. 우리 엄마는 자주 아팠다. 착하기도 무진 착했다. 나중에는 '우리 엄마가 너무 착해서 자주 아픈가 보다'라고 생각할 정도였다. 착하고 약한 우리 엄마는 가끔 짐을 쌌다. 처음에는 가난한 아빠를 버리고 도망가나 싶었다. 그런데 알고 보니 병원에 수술을 받으러 가는 거였다. 짐 싸기 전에는 꼭 계란 프라이를 해서 숟가락으로 노른자를 떠서 먹여줬다. 평소에는 보기 힘든 음식이라 반색했다. 하지만 그걸 다 먹으면 엄마가 사라진다는 걸 알게 된 다음부터는 프라이만 봐도 슬펐다. 입에서 비린내가 나게 프라이를 먹고 나면 노른자처럼 노랗게 뜬 얼굴로 누워 있는 엄마 손을 꼭 붙잡고 그 옆에 누웠다. 엄마의 말랑한 살과 냄새가 기가 막히게 좋았다. 너무 좋아서 엄마가 없을 때도 나는 같은 자리에 누워 있었다.

한참 잊고 있었는데, 이 기억은 내가 엄마가 된 다음에 다시 찾아왔다. 남편이 멀리 출장 갔을 때였다. 밤에 열이 40도까지 올라 많이 아팠다. 원래 혼자 앓는 거라면 자신 있었는데 아이들이 있으니 자신감이 떨어졌다. 한밤이어서 아이들을 맡길 곳도 없거니와 함께 응급실에 갈 수도 없는 노릇이었다. 어쩌지 못해 끙끙 앓고만 있는데, 큰아이가 내 옆에 눕더니 내 손을 꼭 잡았다. '감기 옮으면 안 되니까 저쪽으로 갔으면 좋겠는데' 하는 생각을 하고 있을 때 아이가 말했다.

"엄마, 죽는 거야?"

그러더니 으앙 하고 울었다. 작은아이 역시 큰아이 눈치만 보다가 따라 울었다. 아이 둘이 우는 모습을 보자니 웃음이 났다. 내가 어릴 적 계란 프라이를 먹었던 날들이 생각났기 때문이다.

그 밤, 나는 두 아이의 눈물 덕분에 깨달음을 얻었다. 내 속에 우는 어린이가 있는 게 나쁘지만은 않다는 걸. 과거에 울던 어린이가 아직 내 안에 살고 있어서, 눈앞에 울고 있는 어린이들을 이해할 수 있었기 때문이다. 내가 아팠던 날, 나는 엄마가 아프던 날을 떠올렸다.

'그래, 계란 프라이를 먹으며 겁났던 나처럼 이 아이들도 무서울 테지.'

어릴 적 내 모습을 기억하며 내 아이들을 안심시킬 수 있었다.

"'공감'이라는 건 내 모습 위에 네 모습을, 네 모습 위에 내 모습을 덧씌우는 거다."

이런 말은 책으로 먼저 배웠다. 배움은 항상 이해와 동반하지는 않는다. 알아도 다 알지 못하는 말이었다. 어린 나와 그보다 더 어린 내 아이들이 함께 울기 전까지는. 역시 책으로만 세상을 배우는 데는 한계가 있다. 열이 펄펄

끓던 날 실전의 중요성을 배웠다. 이제 책 밖의 세상으로 나가고 싶다. 나가서 우리 애들 그리고 내 속의 우는 어린 이에게 맛있는 것을 해 먹여야지. 눈물의 계란 프라이 말 고 진짜 더 맛있는 걸로, 잔뜩.

키 작은
해바라기의 사랑

아버지의 키가 크든 작든, 어릴 때는 아버지가 크게 보인다고 한다. 그런데 사실 나는 안 그랬다. 어렸을 때도 아버지는 작아 보였다. 아버지의 못다 큰 키는 나에게로 왔다. 나는 무섭게 자랐고 초등학교 때 이미 아버지의 키를 따라잡았다. 어깨동무하는 게 편할 정도로 우리 아버지는 키가 작다. 그런 아버지의 작은 키는 요즘 들어 더 줄어들고 있다.

세상은 넓고 아버지는 남보다 작았으니, 세상을 남보다

더 넓게 써도 됐을 텐데. 젊은 날의 아버지는 그렇게 살지 못했다. 새우처럼 등이 굽어서는 작은 키를 더 줄인 채로 살았다. 아버지는 밤이면 앉은뱅이책상에 백열등 스탠드를 켜놓고 늦게까지 앉아 있었다. 책상에는 갱지로 된 200자 원고지, 잉크병과 만년필, 연필이 널려 있었다. 반팔 러닝셔츠 차림으로 앉아서 고개를 숙이고 있으면 아버지의 등이 더 굽었다. 아버지가 키 때문에 열등감을 느꼈는지는 모르겠지만, 내가 보기에는 작은 키를 부끄러워하지는 않았던 것 같다.

아버지는 내게 "네가 키 컸으면 좋겠다"는 말을 자주 하셨다. 그러면서 빵과 닭을 종종 사오셨는데, 아버지는 나와 오빠가 먹는 것을 보기만 하시고 통 드시지 않았다. 그때는 몰랐다. 관심이나 애정에는 형태가 없지만, 그것이 모습을 드러낼 때가 있다는 것을. 내가 먹은 것은 빵이 아니라 빵의 모습을 한 아버지의 마음이었다.

"이 빵 먹고 너는 커져라. 이 통닭 먹고 더 커져라."

이런 의미였다. 아버지는 자신이 먹고 싶었지만 잘 못 먹었던 것만 사주셨다.

아버지의 키가 작고 등이 굽은 데에는 나름의 이유가 있었다. 아버지는 늘 부모의 사랑에 목말라 했다.

"아빠한테는 내가 있잖아, 그깟 인정 구걸하지 마."

나는 건방진 어린애였기 때문에 일찍부터 그렇게 호소했다. 아버지의 얼굴이 소금물을 마시는 조난자 같았기 때문이다. 할아버지 댁에 갈 때면 우리 네 식구는 제일 좋은 옷을 찾아 입었다. 그러곤 할아버지 앞에 가서 보고를 했다. 직장 생활과 시인으로서의 이야기 등등. 명절은 분기별 성과 보고의 장이 되었다. 할아버지는 때로 칭찬을 하사하셨다. 아버지는 칭찬에 기뻐했고 어린 나는 열불이 터졌다.

할아버지에게 우리 아버지는 눈에 덜 차는 아들, 제일 키 작은 아들, 돈을 가장 적게 가져오는 아들이었다. 기껏 번 돈으로 시집 나부랭이나 낸다고 생각하셨다. 할아버지 댁에는 계급이 있었다. 말 잘 듣는 아들, 대기업 다니는 아들, 변호사 사위, 기업가 사위 중에서 아버지는 제일 하층민이었다. 나 역시 제일 하층민의 자식이었다. 할아버지에게서 제일 먼 자리가 우리 자리였다. 어머니와 아버지, 오빠와 나는 혹시나 하며 애정을 갈구했지만 마음만 상해서 집에 돌아왔다.

옛날, 우리 할아버지는 한 집안의 데릴사위가 되기로 하고 결혼을 했다. 데릴사위가 된다는 것은 아들 없는 집에 가서 아들로 산다고 약속하는 것이다. 그래서 결혼하면 장모를 모시고 살아야 했는데, 할아버지가 첫아들을 낳고는 그대로 분가하신 것이다. 할아버지의 첫아들은 데릴사위 대신 그 장모의 집에 남겨졌다. 그 첫아들이 바로 우리 아버지다.

아버지는 태어나자마자 데릴사위의 대체물이 되었다. 아버지는 타이틀이 많았다. 증조 외할머니에게는 첫 외손주이자 유일한 아들, 데릴사위 역할이었다. 할아버지에게는 데릴사위의 기억을 상기시키는 존재, 분가하는 대신에 치른 대가, 큰아들이자 잊고 싶은 아들이었다.

해바라기가 해를 보며 자라듯, 아버지의 마음은 자연스레 사랑이 오는 방향을 향해 있었다. 할아버지와 할머니가 아버지의 키를 자라게 할 수는 없었다. 할아버지와 할머니가 아버지에게 준 사랑도, 증조 외할머니가 아버지에게 준 사랑도 어쩌면 모두 사랑이었겠지만, 각각의 색이 좀 달랐던 것 같다. 아버지가 바랐던 사랑이 보라색인데, 아버지가 유일하게 받은 사랑은 보라색이 아니었다고나 할까.

우리 아버지는 내가 뭘 하든 그냥 내버려두는 편인데, 하지 말라고 하신 게 한 가지 있다. "아버지, 감사합니다"라는 말을 하지 않는 것. 부모한테 받는 것은 감사한 게 아니라 당연한 거라며 아버지는 이 말을 못 쓰게 했다. 나는 그렇게 배웠다. 어쩌면 아버지는 본인이 가장 살고 싶은 삶을 자식을 통해 보려고 했던 것 같다. 분에 넘치게 사랑받는 삶, 사랑 받는 게 당연한 삶. 그래서 키가 무럭무럭 자라고 등이 굽지 않는 삶 말이다.

영양학과 유전학 같은 건 잘 알지 못한다. 심증이지만, 우리 아버지의 키가 작고 등이 굽은 건 영양이나 유전 때문이 아니라 사랑의 양과 색깔 때문이었던 것 같다. 아버지를 보면 때로 나만 키가 큰 것이 좀 미안하다. 그래서 만날 때마다 아버지의 등을 툭툭 친다. 키는 못 커도 늦게라도 등이 펴졌으면 하고. 그러면서 생각한다. 해바라기가 늘 큰 키를 자랑하는 것은 아니구나. 키가 커야만 해바라기인 것도 아니구나.

내 속에 우는 어린이가 있다.

과거에 울던 어린이가

아직 내 마음에 살고 있다는 것은

내 아이를 이해하는 일이기도,

나 자신을 이해하게 되는 일이기도 하다.

너는 잊고
나는 기억하는 말

나는 평생 성적이 좋았지만 공부를 잘하진 못했다. 성적과 공부는 많이 다르다. 성적은 과목 내에서 테스트를 보고 얻는 점수지만, 공부는 장르가 훨씬 더 넓고 다양하다. 테스트에는 끝이 있지만, 공부에는 끝이 없다. 하면 할수록 부족함을 느끼는 것도, 하면 할수록 느는 것도 공부다.

'성적과 공부는 다르구나. 나는 공부 체질이 아니구나.'

이 사실을 알게 되었을 때는 공부하는 삶을 선택한 후였다. 흔하디흔한 일이었다. 착실한 남자인 줄 알고 결혼했

셋.

는데 알고 보니 사기꾼이었다는 식의 이야기인 셈이다.

안 되는 일을 되게 하려면 어떻게 할까. 우길 수밖에 없다. 당시 나는 후퇴를 모르는 20대였다. 그래서 우겼다. 할수 있다고. 하면 된다고. 그랬더니 슬금슬금 공부가 되기 시작했다. 그 대신 생리 불순이 시작되었다.

낮에는 직장에 근무하면서 돈을 벌고 틈틈이 박사 과정 수업을 들었다. 박사 과정이 끝나던 2년 차에는 1년 내내 생리가 나오지 않았다. "생리대 값이 안 들어서 좋네" 하고 웃었다가 친구한테 등짝을 얻어맞기도 했다. 그런데 정말 나는 아무렇지도 않았다. '감히 나의 의지에 몸이 반하는 건가?' 이런 생각만 했다. 몸의 보복이 괘씸할 뿐이었다.

오히려 나는 박사 학위를 따는 데에만 급급해했다. 박사 학위를 받으라고 누가 시킨 것도 아니었는데. 나는 그간 실패를 경험해본 적이 없어서 실패하는 게 너무너무 무서웠다. 박사 학위를 못 따면 실패하는 것 같았다. 그리고 실패하면 죽을 것 같았다.

두려움은 사람을 지배할 줄 안다. 이 '죽을 것 같다'는 말은 대개 과장된 표현이다. 그런데 아주 가끔은 불행한 예고가 되기도 한다. 물론 다행히도 나는 죽지 않았다. 그 대신 나의 난소 기능이 죽었다. 병원에서는 그걸 불임이라고 했다.

불임이라는 것을 알고 1년 정도 치료를 했다. 병원에서 주사기들을 처방 받으면 매일 집에서 직접 주사를 놓았다. 주사가 아프지는 않았다. 단지 주사를 놓을 때마다 바보 같은 과거의 나를 확인하게 되니까 가슴이 아팠다. 오늘의 고통은 어제의 결과이니까 말이다.

그 후 나는 1년여 동안 아기를 갖기 위해 인공수정을 시도했다. 그러던 어느 날 배에서 뽀그르르 기포가 움직이는 느낌이 들었다. 물고기가 헤엄치는 것 같기도 했다. 배도 살짝 불러온 것 같았다.

"아기가 생겼나 봐, 그렇지?"

조금이라도 다른 느낌이 들어 내가 퍼뜩 기뻐하면 남편이 어느새 가까이 와 머리를 쓰다듬어 주었다. 임신이 아니었다. 남편은 아기가 없다는 것에 슬퍼하지 않았다. 대신 슬픔에 잠긴 나를 보고 슬퍼했다.

그다음 해에는 아무것도 하지 않았다. 그 좋기도 하고 싫기도 하던 공부를 다 던져놓고 누구도 만나지 않았다.

'다들 물어볼 거야. 그리고 비난하겠지. 나는 이제 망했어.'

배우고 싶은 게 아무것도 없어서 이런 못된 생각만 하며 내내 울었다. 매운맛에 등급을 매기듯, 울음에 레벨을 부여하는 나날이었다.

그렇게 20대를 보내고 서른이 넘어 첫 딸아이를 낳았다. 어느 부모가 자기 자식이 귀하지 않을까. 나 역시 세상 가장 귀한 것이 뭐냐고 물으면 첫아이라고 할 것이다. 귀하기만 했을까. 의지도 됐다. 남편은 늘 새벽에 퇴근했기 때문에 집에는 나 혼자 있었다. 해가 지면 작은 소리에도 심장이 쪼그라들곤 했는데, 옆에 아기를 뉘어놓은 다음부터는 밤이 무섭지 않았다.

아이가 내가 엄마라는 것을 알아볼 때쯤, 나는 다시 공부를 하러 나갔다. 배운 것이 그것뿐이어서 공부를 놓으면 밥줄이 끊기는 줄 알았다. 그래, 너는 자라고 나는 벌어야지. 우는 아이를 떼어놓은 채 보온 도시락 두 개를 양팔에 하나씩 끼고, 등에는 책가방을 메고 공부방으로 향했다.

일은 나 자신마저 잃어버리게 하고, 아기를 못 만나게 막아서고, 내 몸과 마음을 먹어치웠다. 그래서 일하는 게 싫기도 했지만 어느새 절실해지기도 했다. 나는 일을 하면서 무엇이 중요한지 잊지 말자고 다짐하곤 했다. 하지만 다짐이 항상 성공하는 건 아니었다.

어느 날, 퇴근해서 네 살 된 딸아이를 어르고 있었다. 그러면서도 머릿속으로 그날 공부한 내용을 떠올렸다.

"에휴, 바보 같아. 바보 같아."

나는 이렇게 중얼거리며 장롱에 머리를 콩콩 박았다. 실은 내가 그렇게 행동하고 있는 줄도 몰랐다. 그때 딸아이가 나를 보면서 말했다.

"엄마는 바보가 아냐. 그러니까 공부나 해."

번쩍 충격이 왔다.

'아, 이 아이가 나를 살리는구나.'

지금도 그때의 딸아이 표정과 목소리가 기억이 난다. 아이의 말은 서서히 나에게 녹아들어서 나를 소중하게 만들어주었다. 낡은 두개골이 흐물대더니 새롭게 탈피하는 느낌이랄까. 뿌옇던 머릿속이 맑아지는 느낌이랄까.

아픔도 때론 힘이 된다

"아가, 한 번만 더 말해줄래? 두 번, 아니 세 번만 더 말해 줄래?"

좋은 건 역시 삼세번 해야지. 나는 아이에게 부탁해서 그 말을 핸드폰에 녹음했다. 이 느낌을 고스란히 간직하고 싶어서 그날 밤에는 일기도 썼다.

10년이 지난 어느 날, 청소년이 된 딸아이에게 과거에 녹음했던 걸 들려주었다. 아이는 전혀 기억하지 못하고 있었다. 그러더니 유튜브나 계속 보고 싶으니까 밖으로 나가 달란다. 자기에게도 프라이버시가 있다면서. 그래, 나가주고말고. 너는 이미 나에게 충분히 들어와 있으니까. 너의 언어는 이미 나에게 입력되어 있으니까.

왜 하필 나는 사람으로 태어났을까. 이게 못마땅해 투덜거린 적이 있다. 그러나 10년 전 그때의 순간을 떠올리면 금방 마음이 달라진다.

내 말이 나 자신을 찌를 때, 나는 내가 사람이라서 슬펐다. 반면 아이의 말이 내 안에 들어왔을 때, 나는 내가 사람이어서 안도했다. 사람으로 태어나서 참 다행이라는 생각이 들었다. 그 구원의 말 한마디는 이렇게 사람을 살렸다. 지금 내 아이는 잊어버렸지만 괜찮다. 그건 나한테 필요한 말이니까, 나한테만 발휘되는 말이니까. 너는 잊고 나만 기억해서 좋다.

할머니의
죽음

　'개새끼'는 분명 욕이다. 사람에게 '개'라는 말을 붙여 부르면 안 된다. 그런데 나를 '강아지'라고 불러도 좋은 사람이 있다. 아니, 있었다. 갑자기 너무 슬프다. 엄연히 사람인 나를 '강아지'라고 부르셨던 외할머니가 세상에 없기 때문이다. 마흔이 넘으면 이 슬픔이 좀 덜할 줄 알았는데, 그렇지 않은가 보다. 오히려 슬픔은 늙지 않는다는 사실만 깨달을 뿐이다.

　외할머니에 대한 기억은 내가 어렸을 때에만 머물러 있

다. 그래서 외할머니를 생각하면 나는 항상 어린애가 된다. 외할머니는 나를 참 사랑하셨다. 지금도 외할머니 냄새가 기억이 난다. 시큼한 땀 냄새, 풀 내음 같은 살 냄새가.

학교에서 집에 왔을 때 댓돌에 외할머니의 신발이 보이면 나는 가방을 내던지며 "할머니!"를 외쳤다. 그러면 외할머니가 "오냐, 내 강아지"라고 하셨다. 외할머니의 '내 강아지'라는 말이 그렇게 좋을 수가 없었다. 그래서 기쁜 멍멍이가 되어 할머니의 무릎에 벌렁 누워 비비적거렸다.

이 시간을 세상에서는 '슬하(膝下)의 시간'이라고 부른다. 든든한 보호자 무릎 아래 있는 시간. 마음껏 사랑받는 행복의 시간이다. 심심할 때는 외할머니의 빈 젖을 빨아먹기도 했다. 나는 할머니 아가의 아가니까, 사랑을 곱으로 받아먹어도 당당했다.

하지만 외할머니는 당당하지 않으셨다. 사람 관계에서는 언제나 더 사랑하는 쪽이 약자인 법이니까. 외할머니는 집안에서 최고의 약자였다. 우리 집에 오실 때면 늘 큰 보따리를 지고 와서 죄다 나누어주시고, 빨래와 청소까지 고

생만 하다가 집으로 돌아가시곤 했다. 그분의 인생 자체가 그랬다. 보따리같이 무거운 아홉 자식을 이고 지고 떠안다 가 빈손으로 가셨다. 그분은 나를 온몸으로 사랑해주셨고 그분의 인생을 통해 나에게 가르침을 주셨다.

내가 대학에 합격해서 가장 행복했을 때, 외할머니는 인생에서 가장 괴로움을 느끼고 계셨다. 나는 행복에 취해 그런 외할머니를 잊고 있었다. 그리고 얼마 후 외할머니는 돌아가셨다. 외할머니의 강아지는, 외할머니가 관 속에 들어가신 뒤에야 찾아갔다. 신림역에서 전철을 타고 인천의 한 장례식장으로 가는 동안 나는 울지도 않았다. 다시는 '내 강아지'라고 부를 사람이 없어졌는데도 창밖을 보며 '꽃이 피었네. 인천은 멀구나. 오랜만에 엄마 보겠다' 이런 생각만 했다. 지금은 할머니 생각만 해도 눈물이 뚝뚝 흐르는데, 그때는 이상하게 덤덤했다.

외할머니가 돌아가시기 전까지 죽음을 가까이 느껴본 적이 없었다. 지식을 통해 알았지만 나에게 죽음은 여전히 먼 단어였다. 그런데 외할머니가 돌아가시고 나서 죽음은 단어가 아니라 사건이 되었다. 늘 그렇듯 사건은 점

셋.

차 의미가 되었다.

　친숙한 존재가 지상에서 깡그리 사라졌다는 것.
　외할머니의 손등에 불뚝 나온 힘줄을 쓰다듬을 수 없다
는 것.
　외할머니의 냄새를 맡을 수 없다는 것.
　이제는 영원히 안녕이라는 것.

　이런 의미로서의 죽음은 처음이었다. 그때 나는 울지 않
았다. 어린애였다. 입관하고 나서 쓰러지듯 돌아온 엄마는
내 몫까지 펑펑 울었다.
　외할머니의 장례식 이후 20년이 넘게 흘렀다. 그간 고등
학교 동창 세 명, 선배와 후배, 친척 등이 떠났다. 나는 이
모든 부고를 들을 때마다 내 최초의 죽음을 상기했다. 외
할머니를 생각했고, 그 생각은 엄마의 죽음, 엄마의 슬픔,
엄마의 사랑으로 이어졌다. 외할머니 앞에서 울던 엄마는
곧 엄마 앞에서 울 나로 바뀌어 있었다.
　어릴 적 외할머니는 고쟁이 속 작은 주머니에서 꼬깃꼬

아픔도 때론 힘이 된다

161

깃 접혀 있는 천 원짜리를 꺼내 내 손에 꼭 쥐어주시곤 하셨다. 돈을 얼마나 고이 모셔뒀는지 땀에 젖어 축축해진 상태였다. 그렇게 귀한 돈을 내게 주시더니 죽음마저도 알려주셨다. 그리고 지금도 여전히 무언가 알려주고 계신다. 그래서일까. 내 수업을 듣는 학생이 상을 당해 고향에 내려간다고 하면 그냥 지나칠 수가 없다.

문상 가려고 검은색 옷을 찾아 입는 날이 되면 목이 메어 아아, 소리를 내게 된다. 시를 읽을 땐 '할' 자만 나와도 코가 찡하고 할머니가 자주 해주시던 반찬만 봐도 할머니 생각이 난다. 지금껏 할머니가 내게 주신 것 중에 나쁜 것은 하나도 없었다. 결국은 알아야 하는 죽음의 의미마저 할머니는 강아지 좋으라고 남겨놓으신 것 같다.

내게 상처 줄 권리는
너에게 없다

    나는 나 자신에게 상처를 많이 준다. 혼자 주거니 받거니 해도 괴로운데, 다른 사람들한테도 상처를 받는다. 내 수업을 듣는 학생들은 나보고 핵인싸, 드립력 최강이라며 칭찬을 하는데, 그건 먹고살기 위한 진화일 뿐이다.

    사실 나는 쫄보형 인간이다. 얼마나 소심하냐면, 내가 질문을 했는데 학생들이 대답하지 않으면 마음이 베인다. 학생들이 '수업이 지루해요'라는 눈빛 공격을 보내면 내 멘털이 흔들린다. 단지 내면의 지진이 동공의 지진으로 이

어지지 않을 뿐이다. 이것은 사회적인 경험치가 쌓이면 어느 정도 가능한 일이다. 이렇듯 마음이 표정으로 직결되지 않는 시기가 찾아오면, 우리는 어른이 되었다고 말한다.

한번은 회의에서 내 소개를 한 적이 있다. 내가 좋아하는 소개말로.

"시 평론 쓰는 나민애입니다."

그럼 상대방도 인사를 한다. 사실 인사하기 전에 서로에 대해 알고 있는 경우가 대부분이다. 같이 일할 사람의 이력이나 글을 찾아보고 오는 건 예의니까.

그런데 다음번에 만났을 때, 그분이 나를 불러 세웠다.

"아, 그 시인 선생 아니십니까. 시집이 뭐라고 했더라……."

나는 시인이 아니다. 시를 읽고 분석하기는 하지만 쓰지는 않는다. 대체 내가 했던 소개말은 어디로 갔을까. 화가 났지만 꾹 참았다. 정정해줄 필요조차 느끼지 못하기 때문이다. 예전 같으면 족히 반나절은 씩씩거렸을 것이다. 그런데 이제는 안다. 저 사람은 내 인생에 어떠한 영향도 줄 수 없다는 것을. 다짐하건대 나에게 상처 줄 권리를 그 누구에게도 주지 않을 것이다. 그 권리를 주고 말고는 온전히 나의 몫이기 때문이다.

내 최후의 빌런은 나고, 내 최초의 구원자 역시 나다. 빌런과 구원자는 주인공급이다. 내 인생의 주인공이 타인이 될 수 없다는 말이다. 인생의 엔딩 크레딧 맨 위에는 '나민애'라는 이름이 나올 것이다. 연출과 감독 역시 나민애다.

나는 타인에게 상처를 받으면 내가 주인공인 영화를 상상해보곤 한다.

'그래, 저 사람은 그냥 지나가는 엑스트라 백만 스물네 번째 정도밖에 되지 않아.'

나는 이런 정신 승리를 몹시 애호한다. 그런데 이조차 잘되지 않을 경우가 있다. 상처의 말이 채찍처럼 나를 휘감아 노예 삼고 굴종하게 만든다. 그럴 때면 나는 순식간에 모욕감에 휩싸여 비참함을 느낀다.

아픈 말은 화인처럼 가슴속에 남는다. 누가 인두를 불에 달궈 맨살에 지지는 것 같다. 오래전 내가 지금보다 더 순진하고 마음이 말랑했을 때였다. 한 교수님이 나를 부르셔서 찾아간 적이 있었다. 뭘 잘못해서 불려갔는지는 잘 기억나지 않는다. 다만 지성인답게 겉으로 화내지는 않으셨지만, 교수님이 화살처럼 따가운 시선으로 날 바라보고 있었던 건 기억난다. 나는 교수님께 죄송하다고 했다. 한참 혼이 나다가 마지막으로 그분이 이렇게 말했다.

"너 못쓰겠구나."

이 말이 결론이 되었다. 숨이 턱 막혔다. 눈물이 날 것 같아 얼른 돌아섰다. 그리고 문까지 다섯 걸음도 채 안 되는 그 거리를 뛰었다. 문 손잡이를 돌리기도 전에 눈물이 후두둑 쏟아졌다. 우는 모습을 보이면 더 못쓰는 사람이 될까 봐, 나는 얼른 화장실로 도망갔다. 변기 위에 앉아 펑펑 울었다.

아직도 그때가 생생하다. "너 못쓰겠구나"라고 말하며 팔짱 낀 교수님의 모습, 한쪽 눈꼬리가 치켜 올라간 교수님의 얼굴 표정, 포트에서 물 끓던 소리, 교수님께 전화가 한 번 왔던 것도 기억이 난다.

지금에 와서는 나쁘지 않은 경험이었다고 생각한다. 덕분에 희망 사항이 생겼기 때문이다. 모진 말을 하지 않고, 두고두고 남는 말의 화인을 남기지 않는 사람이 되는 것.

무슨 일을 하는 것보다 하지 않는 것이 더 힘든 법이다. 그렇기에 내가 이 힘든 일을 잘 해낸다면 몹시 뿌듯할 것이다. 내가 타인의 마음속에 들어가 상처로 살아남는다면 그때야말로 못쓸 사람이 되어버릴 테니까.

나는 시인의 딸이며, 시인의 친구이며, 시인의 동료다. 직업상 말을 신뢰하고, 그래서 말에 예민하다. 시에는 남을 아프게 하는 모진 말이 거의 없다. 아픔을 노래하는 말, 상처를 어루만지는 말, 온전하게 사랑하는 말, 함께 나누거나 홀로 갇히는 말이 있을 뿐.

나는 아버지의 시를 거의 안 읽는다. 읽으면 좀 쑥스럽다. 하지만 〈사랑하는 마음 내게 있어도〉는 외우고 있다. 외우려고 한 것은 아닌데, 어쩌다 보니 그렇게 됐다. 교수님께 상처받고 변기 위에서 울었을 때 이 시가 나와 함께했다. 눈이 퉁퉁 부어 자취방으로 돌아가는데, 그 시가 나와 함께 걸으며 위로를 해줬다.

이 시를 지은 분, 내 아버지도 모진 말을 들어본 적이 있을 것이다. 그 말이 안 잊혀져 오랫동안 고생도 했을 것이다. 그래서 알았던 것이다. 타인에게 상처 줄 권리 같은 건 그 누구에게도 없다는 사실을.

"모진 마음 내게 있어도 모진 말 차마 하지 못하고 삽니다. 나도 모진 말 남들한테 들으면 오래오래 잊혀지지 않기 때문"이라는 구절 때문에 〈사랑하는 마음 내게 있어도〉를 좋아하게 되었다. 참 맞는 말 아닌가. 모진 말로 다른 사람을 상처 낼 권리는 나에게 없다. 그런 권리는 교수님에게도, 그 누구에게도 없다.

과거의 상처와 오늘의 상처, 미래의 상처에게 말하고 싶다. 나는 소심한 쫄보지만 결코 뺏기지 않을 거다. 나에게 상처 줄 권리는 그 누구에게도 없다. 그것만은 내 거다.

내 빚은
1억 5천만 원

유튜브에서 한 심리학 박사님이 나와서 말하기를, 서양인은 부자를 존경하고 동양인은 부자를 존경하지 않는다고 했다. 나는 어떤가. 부자를 존경하는 쪽은 아니다. 부자 말고 그냥 돈이 좋다. 현찰 다발을 떠올리면 연인을 떠올리듯 미소가 지어지고 목이 마르듯 갈망하게 된다.

나는 돈을 좋아하면서도 이런 나를 경계한다. 적어도 돈에 목줄 잡혀 살고 싶지 않으니까. 돈이 없는 것뿐 자존심은 있으니까. 이게 쫄보 나민애의 마지막 보루다.

마이너스 통장을 만들려고 은행에 간 적이 있다. 예상보다 부끄러웠다. 마이너스 통장을 만들기 위해 주거래 은행을 설정해두고, 급여와 카드 이체도 그 계좌로 돌려놨다. 사람이 아닌 시스템에 아부를 해야 하다니, 이조차 부끄러웠다. 은행에서 일반 거래, 대출 거래 중 하나를 골라 번호표를 뽑는데, 아무도 나를 보지 않았지만 쑥스러웠다.

아무도 보지 않는 숲속에는 혼자 붉어지는 나무 열매들이 있기 마련이다. 은행에서 내 순서를 기다리며 머릿속으로 나무 열매를 그렸다. 저 혼자 붉어지고, 저 혼자 고개 숙이는 열매. 꼭 나 같았다.

은행원이 돈을 왜 빌리는지, 얼마나 빌릴 건지 물었을 때는 그나마 기분이 괜찮았다. 지금 사는 집이 자가냐 전세냐 물을 때도 나쁘지 않았다. 준비한 월급명세서와 재직증명서를 은행원에게 건넬 때는 나름 뿌듯하기도 했다. 그러나 내 생각만큼 신용 한도가 크지 않았다.

"선생님, 바라시는 만큼은 어렵겠는데요."

은행원이 이 이야기를 할 때, 광대가 좀 시큰했다.

"그럼 얼마나 될까요?"

최대한 자연스럽게 물어봤다. 이자를 조금 더 내더라도 빚을 최대한 많이 져야 했다. 그러나 빚을 지려고 해도 허락이 필요했다. 맞다, 이곳은 참 합리적인 세상이다. 내가 하고 싶다고 해서 뭐든 할 수 있는 곳이 아니다. 하얀 와이셔츠를 입은 은행원은 대출 절차와 필요한 서류들에 대해 친절하게 설명해줬지만, 나는 '저 사람은 얼마까지 대출받을 수 있을까? 은행 직원이면 혜택이 있을까?'라는 생각에 빠져 있었다.

집으로 돌아오는 내내 기분이 좋지 않았지만, 열흘이 지났을 때는 매우 기뻤다. 드디어 내가 바라던 빚쟁이가 될 수 있었던 것이다! 통장 잔액이 10만 원인데 이체 가능 금액은 2천하고도 10만 원이 찍혔다. 시간강사일 때는 생각지도 못했던 일이다. 저녁밥을 먹으며 남편에게 자랑했다.

"다음에 전셋값 오르면, 내가 2천만 원 댈 수 있어."

내가 웃자 남편도 함께 좋아했다.

토요일 아침 일찍 핸드폰에 친오빠 이름이 떴을 때, 나는 직감했다. 전화를 받으면 은행 창구에 앉아 산속의 붉은 열매를 떠올리던 그 순간으로 돌아가리라는 걸. 나는 정말이지 전화를 받고 싶지 않았다. 나랑 두 살 터울인 오빠는 항상 이른 새벽이나 늦은 밤중에 전화해서 불행한 소식이나 불안한 마음을 이야기하곤 했다. 그런 오빠가 안쓰러웠지만 오빠의 전화를 받는 건 내키지 않았다. 그래도 나는 그 전화를 받았다.

"무슨 일이야?"

오빠는 1억 5천만 원이 필요하다고 했다. 그 말에 잠시 멍해졌다. 오빠는 빚진 걸 와이프한테 들켰다고 하면서 이혼을 막으려면 1억 5천만 원이 있어야 한다고 얘기했다. "오빠, 내 마이너스 통장은 2천짜리야. 나는 빚쟁이도 겨우 됐다고" 이렇게 말하려고 했는데, 오빠가 먼저 선수를 쳤다.

"이제 부탁할 데도 없어. 꼭 갚을게. 제발 좀 도와줘."

"어렵겠는데."

처음에는 나도 좀 살자 싶었다. 그래서 얼마 전에 은행 직원이 나한테 했던 말을 따라 했다.

"그 돈 없으면 나 정말 이혼당해. 그럼 어머니, 아버지 쓰러지셔."

여기서 나는 졌다. 도망가고 싶었지만 그 말에 퇴로가 막혔다. 한 사람의 일은 때로 세 사람의 일이 되기도 한다. 옆에서 남편이 안 된다는 눈빛을 보내고 있었지만, 나는 "그래, 알았어"라고 했다. 전화를 끊자마자 오빠의 계좌번호가 찍힌 문자가 왔다.

'대체 1억 5천만 원을 어디서 어떻게 구해야 하지? 나는 이제 겨우 2천만 원짜리 빚쟁이가 되었는데……'

남들이 이런 상황을 안다면 동기간에 돈거래를 하면 안 된다고, 가족끼리 돈거래 하다가 결국 의만 상할 거라고 충고할지도 모른다. 누가 그것을 모르겠는가. 그래도 나는 마이너스 통장에서 2천만 원을 꺼내고, 적금도 해지하고, 애들 통장에 넣어뒀던 돈도 뺐다. 그러고도 한참 모자라서 남편 직장에 추가 대출 신청을 하고 지인에게 빌리기까지 했다. 나는 꽤 능력자였다. 1억 5천만 원을 오빠에게 보내주자 오빠 목소리에 힘이 생겼다. 꼭 갚겠다는 약속에 나는 "그래그래" 이 말만 했다. 오빠는 앞으로 내게 빚을 갚을 것이고, 나 역시 과거의 의리와 추억이라는 이름의 빚을 갚은 셈이다.

셋.

예전에 오빠는 걸음이 느려 늘 술래에게 잡혔고, 나는 걸음이 빨라서 항상 오빠를 내버려두고 도망갔다. 그래서 지금 나는 서울에, 오빠는 고향에 산다. 그때 나는 오빠의 손을 잡고 끌어당기지 못했다. 나는 종종 내 손을 보며 그때 잡아주지 못했던 오빠의 손을 떠올리곤 한다. 그래서 지금 잡아주고 싶다. 어서 와, 오빠. 1억 5천만 원짜리 손이야. 어서, 어서 와, 오빠.

타인에게 상처를 받으면

내가 주인공인 영화를 상상해보곤 한다.

'그래, 저 사람은 그냥 지나가는 엑스트라

백만 스물네 번째 정도밖에 되지 않아.'

나에게 상처 줄 권리는

그 누구에게도 없다.

그걸 내가 준 적이 없으니까.

일하는 엄마가
잘 살고 싶은 순간

영화 〈인생은 아름다워〉를 보면서 깊이 감동했다. 그렇다. 제목처럼 인생은 아름답다. 그렇지만 '내 인생은 아름다워'라고 말하기는 너무 어렵다. 인생 앞에 '내'라는 단어 하나만 붙은 것뿐인데 이렇게 다르다. 사실 '내'가 붙는 모든 일과 말은 쉽지 않다. 그리고 그게 쉽지 않다는 것을 우리는 평생 동안 배우고 있다.

사실 가끔 짜증이 치민다. '왜 내 인생은 이 모양 이 꼴일까?' 하고 생각할 때가 많다. 그럴 때 아버지는 늘 내게 이렇게 말씀하셨다.

"오늘이 마지막인 것처럼 살아라."

"네, 아버지. 그럴게요."

아버지의 충고대로 살려고 노력했다. 하지만 며칠 가지 않았다. 그때는 내가 아직 젊어서 그런가 보다 싶었다.

40대가 되었지만 나는 여전히 오늘을 마지막이라고 생각할 수 없다. 지금 나는 해탈할 수 없는 나이이다. 가지고 싶은 것은 많고, 가질 수 있는 것은 점점 줄고, 내려놓을 수 있는 것은 적다.

그런 상황에서 나는 직장인, 엄마, 학생, 여자로 살고 있다. 하지만 모든 일을 잘 해내지 못하고 있다. 그 무엇에도 집중할 수 없다는 사실이 나를 괴롭힌다. 평소에는 잊고 지내다가도 갑자기 깨닫게 되는 순간이 있다. 딸과 나누는 아주 사소한 대화에서도 그런 걸 느낀다.

딸애는 사춘기에 접어들었다. 그래서인지 은근히 나와 떨어져 있으려고 한다. 고백하건대, 이제는 딸애가 나를 덜 찾겠지 싶어 이런 상황이 몹시 반갑기도 하다. 왠지 합

법적으로 자유로워지는 느낌이 든다고 할까.

나는 일주일에 한 번 아이를 학원에 데려다준다. 학원에 갈 때까지 40분 정도 걸으며 이야기를 나눈다. 그날도 아이와 함께 학원으로 가는 중이었다. 지나가다 보니 놀이터에서 아이들이 한창 뛰어놀고 있었다. 그중에 아직 유치원생도 안 된 아이도 있었다. 기저귀를 차고 뒤뚱뒤뚱 걸어다니는 게 너무 귀여워서 입이 헤 하고 절로 웃음이 났다. 그래서 딸에게 말했다.

"지원아, 저 아기 예쁘다, 그치? 나중에 너도 아기 낳으면 엄마가 잘 봐줄게."

맹세하건대 나는 큰맘 먹고 한 말이다. 아기를 봐준다는 것은 쉽게 할 수 없는 약속이다. 그런데 비장한 나와 다르게 딸애는 시큰둥하다.

"나 애 안 낳을 건데."

열네 살인 딸아이에게 아기를 봐준다는 말을 한다는 게 이르기는 하지만, 이렇게 딸이 단박에 철벽을 칠 줄은 예상하지 못했다. 당황스러운 나머지 목소리가 커졌다.

"애를 왜 안 낳아?! 정말? 너, 그런 생각도 했어? 왜?"

"엄마가 너무 힘들어 보여서. 나는 힘든 거 싫어. 집도 없는데 무슨 애야."

순간 알게 됐다. 저 아이가 세상을 알아버렸다는 것을. 〈별 헤는 밤〉을 보면 맑은 시인 윤동주는 그의 어머니와 "패, 경, 옥, 이런 이국 소녀들의 이름"과 "비둘기, 강아지, 토끼, 노새, 노루"만 나누었다는데, 탁한 어머니인 나는 맑은 아이에게 돈과 월급과 집값과 노동을 알려줬구나 싶어서 심장이 덜컹했다.

딸애의 말을 잘 들어보니, 자기 눈에 엄마는 행복하기는커녕 힘들어 보인다는 것이다. 애를 키우면서 일하는 게 버거워 보이고, 만날 바쁘게 일하는 거 같은데도 집 한 채 못 사고 전세금 걱정만 한다고 했다. 그러면서 자기는 엄마보다 공부를 잘할 자신도 없는데, 대체 무슨 수로 돈을 벌고, 집을 사고, 애를 낳고, 행복하겠느냐고 반문했다.

중학교 갓 입학한 아이가 이런 생각을 할 줄은 정말 몰랐다. 논리가 딱딱 맞아떨어지니 나도 할 말이 없었다. 나는 순식간에 죄인이 되어버렸다. 원래도 행복한 엄마가 아니었는데, 오늘 내 계급은 한 단계 더 낮아졌다. 행복하지 못한 엄마에서 그저 죄인인 엄마로.

"야, 그런 거 아니야. 엄마가 너 낳고 얼마나 행복했는데. 아니, 지금도 얼마나 행복한데……. 엄마가 돈 벌어서 우리 지원이 집 한 채 못 사주겠냐. 돈 열심히 벌고 있으니까, 너는 아무 걱정하지 말고 공부만 해."

이 얼마나 상투적인 답변인가. 걱정하지 말고 공부만 하라니. 아이가 믿지 못할 거짓말만 늘어놓고 말았다. 그러곤 뻘쭘해서 다른 이야기를 했다.

"저기 봐. 저 나무가 계수나무야. 저 계수나무 껍질을 삶으면……."

예전에는 우는 애를 달래려고 딸랑이를 흔들었다. '이거 봐라, 울지 말고 이거 봐라' 하면서. 요란한 딸랑이 소리에 아이는 금세 자기가 왜 우는지 잊어버렸다. 이 방법이 지금도 통하길 바랐는데, 아이가 컸다는 사실만 알게 되었다. 딸애는 계수나무를 힐끗 보면서 핀잔하듯 말했다.

"엄마, 나 학원 늦어."

나는 금세 주눅이 들었다. 아이와 학원 앞에서 헤어지고, 나는 다시 집으로 가기 위해 걸었다. 생각이 많아져서

걸을 수밖에 없었다.

그동안 나는 일하는 엄마로서 최선을 다했다고 생각했다. 방광염에 걸릴 정도로 화장실 가는 시간도 아끼며 뛰어다녔다. 그런데 아이를 학원에 데려다주고 집으로 돌아가면서 깨달았다. 최선을 다하는 게 최선이 아니었다는 것을.

인생이 꼭 행복해야 한다고 생각하는 것은 아니다. 그러나 아이 앞에서 불행한 모습을 보여주고 싶지는 않았다. 그런데 내 표정과 삶에 피곤함과 좌절감이 덕지덕지 묻어 있었나 보다. 그걸 아이에게 들킨 모양이다. 치기 어린 10대 때 일기장을 들켰어도 이렇게 당혹스럽지는 않았을 것이다.

"오늘이 마지막인 것처럼 살아라."

나는 아버지의 이 말씀을 그대로 흡수할 수 없었다. 내게는 아버지보다 내 자식의 말이 더 크게 들리니까. 내리사랑이라 그런가. 나는 아버지의 시선보다 딸애의 시선이 더 무섭게 느껴진다.

"엄마는 행복해 보이지 않아."

이 말은 충격적이었다. 그다음에 생략된 말이 "그렇게 살면 나도 행복하지 않을 거야"이기 때문이다. 내가 저 아이의 롤모델이 되어야 하는데, 아이에게 힘들고 피곤한 모습만 보였다. 그런 날 보며 아이는 벌써부터 겁을 먹고 있었다.

행복해질 필요가 있을까, 불행하지만 않으면 되는 거 아닐까 생각했다. 행복을 권하는 사회에서 행복을 좇는 게 민망하다고 생각했다. 그런데 어쩌면 내가 행복해지지 못할까 봐 미리 겁을 먹었던 건 아닐까.

집으로 돌아오며 나는 포기했던 행복의 조각을 주워서 주머니에 쏙 넣었다. 아이 덕분에 나는 조금 더 행복에 욕심을 내기로 했다. 지금보다 더 행복해지면, 행복한 얼굴로 아이에게 당당하게 말해줘야겠다. 세상은 살아볼 만한 거라고, 인생은 아름다운 거라고. 그리고 이렇게 얘기해야겠다.

"네가 나에게 행복해지고 싶은 용기를 줬어. 그래서 내 인생이 조금 더 아름다워졌어."

아픔도 때론 힘이 된다

완전히 아름답지 않아도 어쩔 수 없다. 구멍이 나면 기워가면서 만드는 게 인생이다. 그렇게라도 가야 할 이유를 갖고 나는 앞으로도 아이와 함께 학원 가는 길을 동행할 거다.

어쩌면 내가 행복해지지 못할까 봐

미리 겁을 먹었던 건 아닐까.

나는 조금 더 행복에 욕심을 내기로 했다.

그래서 내 인생이

조금 더 아름다워졌으면 한다.

반짝이지
않아도
사랑이 된다

나의 세상,
엄마

한 편의 시는 단 한 사람, 한 시인에 의해 태어난다. 마치 한 사람이 한 엄마에게서 태어나는 것처럼. 시가 태어나고 나면 시인의 마음과 다르게 제 뜻대로 흘러간다. 때로는 저 혼자 나이를 먹어 사라져가기도 한다. 그 또한 꼭 우리의 인생과 비슷하다.

세상 밖으로 막 나온 갓난아기처럼 시는 자신을 읽어줄 누군가를 기다린다. 나는 그런 시를 찾아다닌다. 그렇게 2015년부터 지금까지 매주 시 칼럼을 썼다. 일주일에 한

편씩, 이번에는 어떤 작품을 소개할까 고민했다. 함박눈이 내리면 하얀 시를 골랐고, 날씨가 추우면 난로 같은 시를 찾아 나섰다. 사람이 죽으면 함께 울어주는 시에 손이 갔고, 봄이 오면 꽃 같은 시에 눈이 갔다.

매주 칼럼을 써서 신문사에 보냈다. 아니, 세상으로 떠나보냈다. 그리고 욕과 칭찬, 대개는 무관심을 돌려받았다. 여태껏 300편 이상 썼나 보다. 중국에서 가장 오래된 시집 《시경》에는 300여 편의 시가 실려 있는데, 그보다 많은 수의 작품과 함께한 셈이다.

세상에 시는 여전히 많지만 나의 시 곳간은 거의 비어간다. 매주 내 칼럼의 수명은 줄어들고 있다. 수명이 다하기 전에 바라는 바가 있다. 내가 고른 수백 편 중에서 가장 좋아하는 시가 뭐냐고 누가 물어봐주었으면 하는 거다. 시 칼럼을 쓰기 시작한 지 벌써 7년이 됐다. 그런데 칼럼을 쓰는 내내 내게 그 질문을 한 사람이 한 명도 없었다. 그래서 하루는 나 자신에게 물어봤다. 사실 대답은 처음부터 준비되어 있었다. 바로 정채봉의 〈어머니의 휴가〉라는 시이다.

나는 〈어머니의 휴가〉라는 시를 제일 좋아한다. 좋아한다는 것은 눈을 감아도 잊히지 않는다는 뜻이다. 이제 좀 잊어버려야 새로운 시가 들어오지 않겠냐고 탓해봤자 소용없다. 내 마음이 자꾸 저 시로 돌아간다. 아, 내 마음의 일부가 저기에 있구나, 저 시의 일부가 내 마음속에 있구나.

　시는 항상 그렇다. 내가 모르던 나를 발견해준다. 〈어머니의 휴가〉는 내 마음과 가장 흡사한 시다. "하늘나라에 가 계시는 엄마가 하루 휴가를 얻어 오신다면"으로 시작하는데, 이 시를 읽다 보면 절로 우리 엄마가 생각난다. 또 우리 엄마의 엄마, 할머니가 생각난다. 엄마를 잃고 울던 우리 엄마의 모습이 떠오른다. 나 역시 엄마라서, 내가 죽으면 딸아이가 이 시를 읽으면서 울겠구나 싶다.

　엄마를 생각하면서 차츰 알게 된다. 시가 이렇게도 생각을 확장시킬 수도 있구나 하는 것을. 심지어 더 많은 사람을 포용하기도 한다는 것을. 이 위대한 시는 '엄마와 나'의 관계를 '엄마와 우리'로 확장시킨다.

　'내가 우리 엄마의 자식이듯이, 다른 사람도 누군가의 자식이구나. 우리 모두에게는 품에 안겨 울고 싶은 엄마가

있구나.'

　여기까지 생각하면 다른 사람을 함부로 대하지 못하게 된다. 나아가 내 자신이 좀 귀하게, 덩달아 다른 사람도 귀하게 보인다.

　오래전 〈어머니의 휴가〉를 처음 읽었을 때는 그다지 슬프지 않았다. 이 시를 제일 좋아한 것도 아니었다. 그런데 이상하게도 한 해 한 해 지나고 흰머리가 늘어날 때마다 그 햇수와 흰머리의 수만큼 이 시와 가까워졌다. 마치 시가 변하기라도 했는지 마음을 파고드는 정도가 달랐다. 지금은 이 시의 앞줄만 읽어도 엉엉 소리 내어 울고 싶어질 정도가 되었다.

　사실 변한 것은 시가 아니라 시를 읽는 사람이다. 시간이 지나면서 나에게는 속상한 일들이 계속 쌓였다. 행복하고 즐거울 때도 있었지만, 그럴 때보다 괴롭고 아플 때 엄마를 더 많이 필요로 했다. 나만 그럴까. 모든 사람이 그럴 거다.

　세상이 나를 평가하고 내몬다고 느껴질 때가 있다. 그럴 때는 한없이 작아진다. 이 순간 나에게 필요한 건 이 세상과 반대되는 다른 세상이다. 그 세상이 바로 '엄마'다. 엄마는 나를 혼내기는 해도 탓하지는 않는다. 평가를 하기보다 내 편을 들어준다. 세상이 나를 비난할 때도 엄마는 아무런 이유 없이 내 편이 되어준다. 이 세상과는 또 다른 세상이 있는 거다.

마지막 내 편, 나의 세상인 엄마는 눈도 잘 안 보이고 걸음도 잘 못 걷는다. 일종의 신호다. 세상 마지막 내 편이 곧 사라진다는 신호. 진짜 그렇게 되면 어떡하지? 이런 내 편이 세상에는 또 없는데 말이다. 멸종 위기에 이른 마지막 공룡처럼, 엄마는 내 마지막 세상이다. 나를 유일하게 사랑하는 엄마가 멸종되면 다시는 돌아오지 못할 것이다. 그래서 생긴 절대적인 법칙이 있다.

첫째, 결코 나를 서럽게 하지 말 것.
둘째, 엄마의 자식인 내가 엉엉 울게 내버려두지 말 것.

이것이 나 자신에게 다정해야 할 이유다. 그리고 이것은 나뿐 아니라 내 수업을 듣는 학생들, 우연히 만난 사람들, 스쳐가는 타인들에게 다정해야 할 이유이기도 하다. 그 누구도 몰래 울지 않기를. 나의 엄마, 너의 엄마, 바로 그 엄마가 있으니까. 내 세상이 조금만 더 늦게 나를 떠났으면 좋겠다.

처음부터 사랑인
사랑은 없어서

'엄마'라는 단어는 굉장히 흔하고도 매력적이다. 특히 시에 '엄마'가 나오면 진정성이 있다. 시인이 '엄마'를 주제로 시를 쓰면 대부분 자신의 엄마에 대해 쓸 수밖에 없기 때문이다. 독자 입장에서도 그렇다. 수필이나 시에서 '우리 엄마'라는 단어를 보게 되면 자기 엄마가 생각나기 마련이다. 자기가 불효자라고 생각하거나 엄마가 곁에 없을 경우에는 더더욱 그렇다. 그래서 독자에게 '엄마'는 마음의 장벽을 낮춰주는 마법 같은 단어다.

나 역시 그런 엄마가 되고 싶었다. 시에 나오는 것처럼 보편적으로 '엄마'를 생각하면 떠오르는 이미지. 자식이 고마워하고 생각만으로도 코가 찡해지는 엄마. 미안하고 고마운 존재가 되어야겠다고 생각했다. 참 미련하게도 말이다. 나는 그런 엄마가 되고 싶었다. 이건 나의 바람이 아니라 일종의 목표였다. 그런데 이것을 목표로 삼았던 것이 불행으로 가는 지름길이었다.

첫아이는 8월에 태어났다. 장마와 무더위에 나의 짧은 인내심마저 녹아내렸을 때였다. 새벽 4시쯤 산통이 조금씩 오기 시작했다. 이때 나는 아이와 만난다는 기대감보다는 단순히 배가 가벼워질 것 같아서 기뻤다. 나는 천천히 일어나서 옷을 갈아입고, 한동안 돌아오지 못할 집을 걱정하면서 꿉꿉한 수건들을 세탁했다. 그런 다음 삼겹살을 먹어야 애를 잘 낳는다는 얘기를 들었기에, 아침부터 삼겹살을 구워 먹고 비장하게 병원으로 갔다.

출산의 고통은 말로 표현할 수 없을 정도라고 들었지만, 막상 경험해보니 태어나서 이렇게 아픈 적은 처음이었다. 담낭에 돌이 몇 개 생겨서 배를 잡고 굴렀던 적도 있는데,

출산의 고통에 비하면 아무것도 아니었다. 전기 고문을 받는다면 이럴까. 파도처럼 두두두 진통이 아주 거세게 몰려왔다. 거의 정신줄을 놓을 때쯤 간호사가 "딸이에요" 하면서 내 가슴팍에 아이를 올려놓았다. 그렇게 내 아이와 처음 만났다.

엄마와 아이의 첫 조우는 감동적일 거라고 생각했다. 그런데 아니었다. 아프고 힘들고 버거웠다. 그게 출산한 첫날의 기분이었다.

'왜 감격스럽지 않은 거지? 왜 아이가 사랑스럽지 않지?'

엄마가 된 지 1일 차에 나는 충격에 휩싸여 있었다.

아이는 내 배 속에서 열 달간 함께했다. 그간 우리는 함께 책도 읽었고 대화도 나눴다. 그런데 처음 만난 그 아이가 몹시 낯설었다. 이런 느낌이 들 거라곤 생각도 못 해봤는데, 그게 참 충격적이었다. 출산을 하고 병실에서 아이에게 젖을 물리면서도, 나는 계속 동공지진 상태였다. 나한테 모성애가 좀 부족한가 싶기도 했다. 고작 이런 엄마라니, 완전 실패가 아닌가.

생각해보면 출산하던 날이 아이와 첫 만남이었다. 그러

니 아이가 낯설게 느껴지는 것이 당연하다. 낯설다고 느끼는 건 아이도 마찬가지 아닐까. 그걸 아는 것은 오래 걸리지 않았지만 받아들이는 데까지는 오래 걸렸다. 내가 정해놓은 목표를 우선 부숴야 했으니까.

처음에 내가 설정한 목표치, 그러니까 아이가 고마워할 수 있는, 생각만 해도 코끝이 시큰해지는 엄마라는 옷은 내가 입을 수 없는 옷이었다. 나는 그 옷에 나를 맞추느라 무던히도 고생을 했다.

이제 나의 목표는 '나쁜 엄마 되지 않기'로 변했다. 상당히 방어적이지만 나는 이 목표가 마음에 든다. 적어도 "우리 엄마는 나빠" 같은 소리는 듣지 말아야겠다고 생각하자, 그 목표를 이루는 건 가능할 것 같았다. 예전에 아이를 떼어놓고 출근할 때는 내가 나쁜 엄마가 된 것 같아서 펑펑 울었다. 그런데 이제는 울지 않는다. 부족한 엄마인 것 같아서, 좋은 엄마가 되지 못할까 봐 불안해하지 않는다.

처음부터 사랑인 사랑은 없다. 그러니 천천히 낯익을 수 있게 손을 꼭 잡고 가면 된다. 타인으로 만난 우리가 소중한 사람으로 되어가는 과정이야말로 사랑이다.

나무 모종을
심는 어른

나는 아버지와 살가운 관계가 아니다. 우리는 서로 무뚝
뚝하게 대한다. 가끔 아버지가 먼저 나를 찾아오실 때가
있다. 그럼 내가 마중을 나가서 "어, 왔네" 하면, 아버지가
"응, 왔어" 한다. 별다른 말이 필요 없다. 그게 좋다.

아버지와 나는 주파수가 비슷하다. 길게 말할 필요가 없
다. 답답함을 풀려고 길게 이야기할라치면, 아버지는 "참
아라", "넘겨라" 하는 결론부터 내놓는다. 그럼 내가 "그래,
알았어" 한다. 그럼 끝이다. 뭐가 더 필요할까. 목 아프게

설명해야 하는 건 가족이 아닌 타인에게나 할 일이다.

고향집에는 최대한 적게 내려간다. 자주 가면 1년에 한 번, 아니면 2년에 한 번 정도 간다. 앞으로 몇 번이나 고향에 갈 수 있을까. 사실 고향집에 자주 가지 않는 것은 어머니를 사랑하기 때문이다. 내가 자주 가면 어머니가 온갖 음식을 한다고 무리를 한다. 그러면 어머니가 앓아눕기 십상이다. 그러다 보면 하루라도 더 일찍 돌아가실 것 같고, 그게 무서워 나는 고향에 잘 안 간다. 어머니가 일찍 돌아가시면 아버지도 따라가실 게 분명하다. 김춘수 시인이 그랬다. 아내가 죽자 김춘수 시인도 곡기를 끊고 따라갔다.

부모님이 돌아가시면 많은 것이 함께 사라진다. 그중의 하나가 인연이다. 아버지와 어머니의 인연으로 마침내 내가 태어나기도 했다. 우리 어머니는 원래 다른 사람에게 시집가려고 했었다. 사실 이런 이야기는 절대 하지 말라고 했지만 굳이 그 이야기를 하려고 한다.

50년 전, 한 중매쟁이가 충남 한산에 사는 우리 어머니 김성예의 사진을 받아가지고 서천 읍내에 있는 박 선생네로 향했다. 이미 김성예의 집에서는 박 선생의 사진을 본 뒤였고, 체육 교사였던 박 선생도 곧 맞선녀의 사진을 보게 될 참이었다. 이 정도 진행이 되면 절반은 성사된 혼사다.

그런데 맞선남의 집을 향해 걸어가던 중매쟁이는 다리가 몹시 아팠고, 하필이면 서천군 막동리 근처의 너럭바위에 앉아 쉬게 되었다. 그리고 옆자리에 앉은 아주머니와 대화를 하면서 일이 벌어졌다. 중매쟁이가 한 아가씨의 사진을 들고 남자 집에 간다는 것을 알게 된 아주머니가 "우리 집에도 선생 있는데! 우리 아들도 선생인데! 박 선생 말고 우리 집 선생부터 보입시다"라고 주장한 것이다. 바로이 아주머니가 우리 할머니 김경애 여사였다. 그래서 어머니는 졸지에 박 선생이 아니라 나 선생과 선을 보았고, 아버지와 세 번을 만나고 결혼을 약속했다.

나중에 알게 된 사실이지만, 키가 큰 편에 속하는 우리어머니는 키가 큰 박 선생을 만나고 싶었다고 한다. 그러니나로서는 어머니가 왜 키가 유난히 작은 아버지와 결혼했는지 그 이유를 모르겠다. 그럼에도 박 선생과 중매쟁이 덕분에 내가 태어났다. 그래서 그들에게 정말 감사하다.

우리 아버지는 사주팔자 같은 건 보지 않는데, 아마도 사주를 보면 '의지할 곳 없어 춥고 배고프다'라고 나올 것 같다. 아버지는 학연이나 지연 관계 같은 연줄이 없다. 내 아버지는 인연이 가난했다.

그나마 아버지가 마음으로 의지한 분이 있었다고 한다. 쉽게 말해 롤모델, 정신적 지주라고나 할까. 아버지는 정한모, 김남조, 박용래 시인을 몹시 존경했고, 박목월 시인을 선생님으로 모셨다. 특히 박목월 시인은 신춘문예에서 아버지의 시를 뽑아주고 결혼식 주례를 맡아주기도 하셨다. 성질 빼고는 내세울 것 없는 시골 총각 결혼식장은 그분으로 인해 빛이 났을 것이다. 당시에도 박목월은 문단의 큰 어른이었는데, 결혼식에 참석해주신 것만으로 아버지의 체면이 섰다. 그뿐인가. 박목월 시인은 친히 신랑 집에 와서 기념식수를 해주셨다.

그 나무는 아직도 할머니 댁에 그대로 있다. 내가 할머니 댁에 갈 때마다 아버지는 감나무를 보며 '이게 바로 그 나무'라며 자랑스럽게 알려주셨다. 매번 중요하다는 듯 강조하셨지만 어렸던 나는 그 말에 개의치 않았다. 내가 늘

건성으로 대답한다는 것을 아버지도 알고 계셨을 것이다. 그럼에도 아버지가 별말씀이 없으셨던 것은 딸에게 알려주기 위함이 아니라 자기 자신에게 말한 것이기 때문일 테다. 자신에게도 선생님이 있었고, 그 나무가 바로 훌륭하신 박목월 시인이 자기를 축복해준 흔적임을 되새겼던 것이다.

나는 종종 박목월 시인이 심어주신 서천의 감나무를 떠올린다. 그 나무가 자라면서 나도 자랐기 때문이다. 내가 서울대학교 국문학과에 입학했을 당시, 박목월 시인의 큰아들인 박동규 선생님이 우리 과 교수로 계셨다. 나는 그분을 통해 아버지의 스승인 박목월 시인의 모습을 상상하곤 했다. 아버지가 좋아한 스승이었기에, 나에게도 박목월 시인은 '참 좋은 할아버지'라는 이미지로 기억된다.

요즘은 박목월 시인에 대한 논문을 세 편째 쓰고 있다. 덕분에 밤낮없이 박목월 시인을 생각한다. 옛날 잡지를 모조리 뒤져서라도 세상에 알려지지 않은 작품들을 찾아 사람들에게 알려주고 싶다.

그분이 우리 부모님의 결혼식 날에 심은 건 나무 이상이었다. 그날 심긴 감나무는 우리 아버지의 마음속에서 자라났다. 감나무에 감이 달리듯 시인의 감나무에서는 '시'라는 감이 주렁주렁 달렸고, 그런 아버지에게서 내가 나왔다. 감사의 마음을 담아 인사를 드리고 싶지만, 이제 이곳에는 그분이 없다. 그러니 그분의 시를 찾고 읽을 수밖에.

박목월 선생님이 심은 감나무가 한 시인을 살렸다. 그 덕분에 나는 '좋은 어른'이 무엇인지 배웠다. 좋은 어른이란, 어린 사람에게 '나무 모종'을 심어주는 사람이다. 나무가 자라듯 너도 잘 자랄 거라는 믿음을 주는 사람이다.

'나무 모종'은 어린아이를 향한 '말'과 '눈빛'이다. 좋은 어른이 심어준 나무 모종은 시간에 잡아먹히지 않고 아주 오랫동안 어린아이의 마음속에서 살아간다. 그래서 마음의 삽을 함부로 뜰 수가 없다. 그것이 사람이 사람에게 함부로 하지 말아야 하는 이유이기도 하다. 인연은 적고 많고가 중요하지 않다. 단 하나라도 사람을 살리는 인연이면 그것으로 족한 일이다. 오늘따라 소박하고 의연한 감나무, 예전에는 작았으나 지금은 많이 큰 그 나무가 보고 싶다.

반짝이지 않아도 사랑이 된다

반짝이지
않아도 돼

"네 눈빛이 참 반짝이는구나."

내가 어렸을 때 어른들이 이렇게 말해주면, '더 반짝여야지' 하는 생각에 주먹을 불끈 쥐었다. 실은 덜 반짝여도 되는데. 어른들은 내게 덜 반짝여도 소중하다고 말해주지 않았다.

그렇다. 나도 반짝거릴 때가 있었다. 그래서 과거의 무용담을 펼쳐놓으면, 애들은 믿기지 않는다는 듯 웃으며 말한다.

"에이. 엄마, 거짓말 좀 하지 마."

그럼 나도 애들 따라 웃는다. 애들처럼 웃어주기라도 하면 고맙다. 대부분 내가 이런 얘기를 하면 잘난 척한다고 비웃을 게 뻔하니까. 그럼 좀 억울할 것 같다. 내가 잘못한 것은 '반짝이지 않아도 된다'는 사실을 몰라서 무작정 반짝임만 좇은 것뿐이다.

진달래가 가득 피었던 아름다운 5월, 금방이라도 숨이 멎을 것 같은 표정의 한 학생을 만났다. 그 학생은 손에 꼽을 정도로 똑똑한 친구였다. 그 아이를 보면 참 총명하다는 게 느껴졌다. 빠르게 판단하고 명확하게 행동했다. 눈빛부터 달랐다. 막 반짝반짝거렸다.

그런데 반짝이던 그 학생이 언제부터인가 20년 전의 내 얼굴을 하고 있었다. 그래서 금방 물어볼 수 있었다.

"숨이 안 쉬어지니?"

그 학생은 대답하지 않았다. 대신 눈시울을 붉혔다.

"여기서 나랑 좀 앉아 있을래? 그래도 괜찮아?"

학생이 고개를 끄덕였다. 우리는 한참 동안 그렇게 앉아 있었다. 그때 그 아이가 슬며시 이야기를 꺼냈다. 행정고시를 준비하는 중인데, 신입생이 행정고시를 준비한다고 하면 친구들이 얄미워할까 봐 숨기고 있다는 것이다. 그러면서 집에서는 너무 많이 기대를 하고 있어서 부담스럽다고 했다. 도서관에서 공부를 하다가 갑자기 숨이 안 쉬어지기도 하고, 문득문득 죽고 싶은 생각도 든다고 했다.

"약 먹어?"

내 질문에 학생이 엉엉 울기 시작했다. 사람들이 쳐다보는데도 아랑곳하지 않고 펑펑 울었다. 마치 내가 울린 것처럼. 알고 보니 엄마 모르게 약을 먹고 있다고 했다. 힘들다고, 그만두고 싶다고, 약까지 먹고 있다고 말하고 싶어도 그렇게 할 수 없다고 울먹이며 속마음을 털어놓았다. 힘든 와중에도 엄마를 걱정하고 있었다. 그 애는 엄마를 몹시 사랑했다.

"괜찮아. 약 먹는 게 뭐 어때? 그게 왜 부끄러워? 선생님도 약 먹었어."

나는 이렇게 말하며 우는 학생을 진정시켰다. 불행히도 나는 이런 울음에 익숙하다.

반짝이고 싶은 마음이 감옥을 만들고, 그 안에 자기 자신을 집어넣는다. 언젠가 반짝였으니까, 지금도 반짝이니까, 앞으로도 반짝여야 하니까.

"우리는 계속 달렸는데 언제까지 달려야 해요? 숨이 턱 끝까지 닿았어요. 멈춰도 된다고 말해주세요. 언젠가는 쉴 수 있다고 이야기해주세요."

앞으로도 자신이 쉴 수 없다는 것을, 멈출 수 없다는 것을 알고 하는 질문을 받을 때면 너무 슬프다. 그래서 한번은 친구에게 "우리 학생들 보면 짠해"라고 말했다. 그러자 친구가 "걔네는 승자 아냐? 남들 다 가고 싶어 하는 데 갔잖아. 보장 받았잖아"라고 했다. 그렇게 볼 수도 있다. 그런데 이 아이들은 대학에 가려고 그동안 잠도 못 자고 공부했다. 대학에 오면 많이 놀 수 있을 거라 생각하지만, 막상 대학을 다니면 더 못 논다. 성적을 잘 받아야 좋은 곳에 취업할 수 있으니까.

반짝이고 싶은 게 죄는 아니다. 다만 미련하게 거기에 목을 매는 게 잘못이다. 나 역시 관심과 인정을 받고 싶어서, 반짝거리고 싶어서 남들의 평가에 신경을 썼다. 그런데 이런 사이클이 익숙해지면 문제가 생긴다. 반대의 경우, 그러니까 자기가 잘 해내지 못하면 아무도 나를 사랑하지 않고, 나 자신을 인정하지 않을 거라는 공식에 사로잡히기 때문이다. 결국 내가 감옥을 만들고 그 안에 나를 집어넣어 감시하게 된다.

이제 나는 반짝이지 않는다. 하지만 반짝이지 않아도 사랑한다고, 첫아이가 내게 말해주었다. 반짝이지 않아도 사랑할 수밖에 없다고, 둘째 아이도 말해주었다. 그런데 그 예쁜 입에서 나온 말을 차마 믿기 어려웠다. 그래서 아주 오랫동안 나에게 부탁했다. 이 미련한 나에게. 이제는 반짝이지 못해도 나 자신을 내버려두라고.

지금도 가끔 5월이 되면 코끝이 빨개진 얼굴로 웃었던, 참으로 귀여웠던 그 아이가 생각난다. 그래, 너는 그렇게 웃으며 살았으면 좋겠다. 그리고 언젠가 만나면 꼭 안아주며 이렇게 말하고 싶다. 반짝이지 않아도 예쁘다고.

'좋은 어른'은

어린 사람에게

나무 모종을

심어주는 사람이다.

나무가 자라듯

너도 잘 자랄 거라는

믿음을 주는 사람이다.

다정이
병이라면

　서울대 입학 면접 때 면접관이 물었다.

　"외우고 있는 시를 읊어보세요."

　그때 나는 망했구나 싶었다. 머리가 하얘지면서 아무 생각도 나지 않았다. 그런데 그 순간 내 입이 배신을 하고 시를 읊고 있었다. 입에서 튀어나온 시는 뜬금없었다. 그건 아버지의 시도, 학생이라면 대부분 외우는 김소월의 〈진달래꽃〉도 아니었다. 이조년의 시조 〈다정가〉였다. 나는 머릿속으로 '망했다'를 계속 외치며 시조를 읊었다.

이화에 월백하고 은한이 삼경일 때 다정이 병인 것 같아 잠 못 든다는 이조년의 〈다정가〉가 왜 갑자기 튀어나왔을까. 아직도 미스터리다. 나도 모르게 그 시를 사랑했던 걸까. 무려 700년이나 된 오래된 마음을 믿었나 보다.

잔뜩 겁을 집어먹고 새가슴이 된 나는 면접장에서 나오자마자 스스로에게 말했다.

"시조도 시니까 틀린 것은 아니야. 괜찮아. 다정이 너를 구원할 거야."

그렇게 추운 겨울의 어느 날, 면접관은 나의 바닥을 알아버렸고, 다정이 나를 구원할 거란 믿음은 운명 같은 믿음으로 남게 되었다.

〈다정가〉는 봄의 노래다. 봄바람은 달콤하고 봄밤에는 수런거리기 좋다. 봄은 칼날 같은 바람 속에 따뜻한 숨결을 숨기고 있는 계절이다. 우리의 심장도 쉽게 들썩댄다. 봄의 나이인 20대에는 노련함을 모르기 때문에 이 마음을 숨길 수조차 없다. 그래서일까. 젊었던 나는 봄의 노래에 끌렸던 것 같다.

〈다정가〉가 지어진 고려 시대 때의 다정은 이제 죽어버렸다. 그런데 지금도 한없이 다정한 사람들이 있다. 진화가 덜된 걸까. 다정은 상처가 되어 돌아오기도 한다. 불행히도 나는 다른 사람에게 마음을 쓰는, 덜 진화된 쪽이다. 누군가에게 상처를 줄까 봐 조심스러워하고, 내가 배고프면 상대방은 더 배고플 거라고 생각한다. 도움이 필요하다면 오지랖을 부린다.

20대로 보내는 10년 동안 '다정이 세상을 구원할 거야'라는 근거 없는 믿음은 서서히 스러졌다. 그리고 다정이 상처가 된다는 사실을 배웠다. 다른 사람의 부탁을 거절할 줄 모르고 다정하게만 대했다가 결국 아무것도 돌아오지 않으면 공허해졌다. 황지우의 〈뼈아픈 후회〉라는 시에 "내가 사랑했던 자리마다 모두 폐허다"라는 구절이 나온다. 이 표현을 변용하자면, 다정이 지워진 자리마다 폐허가 남는다. 동화는 '너도 나도 잘 살았다'로 끝나던데, 현실은 동화와 상반된다.

시조에 나오는 말이 다 맞다. 다정은 병을 유발한다. 고려 시대에는 불면증을 주더니, 현대 사회에서는 호구라

넷.

214

는 자괴감과 열정의 번아웃까지 준다. 이 사실을 알게 됐을 때, 나는 다정의 다이어트를 하겠다고 다짐했다. 마음의 벽을 세우고 철저히 나의 이득이 뭔지 계산했다. 마음과 시간, 돈과 노력을 썼을 때 돌려받을 수 없다면 내어주지 않으려고 노력했다. 하지만 결과적으로는 행복하지 않았다. 나에게 다정하게 대해주는 사람을 보면서 마음이 괴롭고 죄책감마저 들었다.

한때 나는 내 뜻대로 변할 수 있다고 믿었다. 하지만 나이가 들면서 알게 되었다. 사람은 역시 생긴 대로 사는 편이 좋다는 것을. 내 주변에서 가장 생긴 대로 사는 사람은 우리 아버지다. 아버지는 주머니 여기저기에 500원짜리 동전을 가지고 다니다가, 동네 아이들한테 "예쁘다" 하면서 까까 사 먹으라며 용돈을 준다. 요즘에 그렇게 하면 오해를 살 수도 있다고 일러드려도, 아버지는 입을 삐죽이며 "내 맘이다" 하시고는 한결같은 모습으로 아이들이 예쁘다며 동전도 꺼내주고, 천 원짜리 지폐도 꺼내준다. 그뿐인가. 청년에게도, 나이 든 사람에게도 만나면 반갑다고 주머니를 탈탈 털어 식사비를 챙겨준다. 상대방이 기억하든 말든, 거절하든 말든 아랑곳하지 않고 마음 가는 대로 행동한다.

나는 아버지가 나눠주는 그 500원짜리 동전들이 모두 내 것이 되어야 한다고 생각한 적이 있었다. 그래서 속상하고 화도 났다. 그렇지만 지금은 알고 있다. 아버지 주머니 속에 들어 있는 500원짜리 동전들은 이조년의 〈다정가〉라는 것을. 사람들에게 쥐어주는 까까 값은 '이화의 월백'이고 '삼경의 은한'이다. 아버지는 본전 생각 안 하고 마음을 준다. 그렇게 마음을 주고 나면 잊어버린다. 계산하지 않는다. 그저 기뻐한다.

마음에는 주인이 없다. 나이가 든 나는 이제 다정이 보상으로 되돌아오지 않으면 어쩌나 걱정하지 않는다. 혹여 그런 마음이 들면 나는 아버지의 동전들을 생각한다. 주머니 속이 비워지면 어떠하리. 마음을 좀 덜어내 남에게 주면 또 어떠하리. 그것을 꺼낼 때 기뻤고, 주머니가 가벼워지면 홀가분해지는 것뿐이다. 이제는 아버지의 마음 주머니가 빌 것도 걱정하지 않는다.

넷.

다정이 병이라면 도저히 그걸 이길 방법은 없다. 병을 달래며 같이 살 수밖에. 그 마음을 안고 가야지. 역시 700년이나 된, 이조년의 말이 옳다. 병도 병 나름이지 모든 병을 다 고칠 수 있는 건 아니다.

먼저 엄마가 된
선배의 말

"언니, 어떻게 애를 둘이나 낳았어요?"

오랜만에 만난 후배가 자꾸 이렇게 물었다. 사실 이건 질문이 아니다. 후배의 말을 해석하자면 이렇다.

"언니, 출산하는 게 너무 겁나요. 애를 낳아도 될지도 모르겠고, 아이를 낳는다고 해도 잘 키울 수 있을지도 모르겠어요. 심란해요."

친동생 같은 이 후배는 나와 비슷한 점이 많다. 전공이나 성격도, 일찍 결혼한 점도 비슷하다. 다른 게 있다면 후배는 아이가 없고 나는 아이가 있다는 것이다. 그러니 후배의 질문은 자연스러울 수밖에.

사실 출산에 대해 많이 알수록 겁이 나는 것은 당연하다. 그런데 출산의 고통은 한때다. 그보다 한 생명을 키우는 것 자체가 겁나는 일이다. 나 역시 아이를 낳고 육아의 어려움에 빠져 허우적거렸다. 그래서 내 이야기를 해주는 게 후배에게 도움이 될지 고민스러웠다.

나는 애를 낳고 '엄마는 위대하다' 같은 소리가 제일 듣기 싫었다. 엄마는 위대하다고? 아니다. 출산을 할 때 너무 아프고 힘들어 죽을 지경이었다. 물론 아이는 예쁘다. 온몸이 원숭이처럼 빨갛고 살이 쪼글쪼글 주름이 잡혔는데도 참 예뻤다.

그런데 조리원에서 2주간의 몸조리를 끝내고 집에 돌아왔는데, 그때부터 총체적 난국에 처했다. 나는 '총체적 난국'이라는 뜻을 아이를 낳고 명확히 이해하게 되었다. '육아를 글로 배운 여성이 아이를 출산했는데, 심부름 정도만 수행하는 남편과 함께 아이를 키우는 상황.' 이런 상황이

바로 총체적 난국이다.

돌이 지나기 전의 아이를 키우며 가장 어렵다고 느끼는 것은 세 가지다. 먹는 것, 싸는 것, 자는 것. 이 본능적인 문제가 고민스러워진다. 생애 최초로 타인의 먹는 것, 싸는 것, 자는 것을 컨트롤해야 할 때의 난감함이란 이루 말할 수가 없다. 특히 밤중에 아이가 잠에서 깨어나 자지러지게 울면 당황스럽다. 열도 없고 기저귀도 멀쩡한데 아이가 울면, 영문을 몰라서 더 환장한다. 젖을 물려도 혀로 밀어내며 앵앵 울기만 하고 작은 얼굴이 시뻘게지도록 악을 쓰는데, 어디가 잘못된 것은 아닐까 걱정이 된다. 그런데 이런 일이 한 번이 아니라 밤새, 매일 이어진다. 이렇게 울어대면 엄마도 울고 싶다. 아니, 진짜 울게 된다.

"너 대체 왜 그래."

"나한테 왜 그래."

"그만 좀 해, 나도 힘들어."

애가 이 말을 알아들을 리 없는데도 이렇게 말할 수밖에 없다.

몸이 힘들면 마음도 약해진다. 육아를 할 때는 엄마 잘
못으로 아기가 울었다는 생각에 자괴감이 든다. 나는 이게
너무 싫었다. 그럴 때는 멀리 떨어져서 책장에 코를 박고
숨을 쉬었다. 나의 세계, 나의 노트북, 나의 일감, 나의 책장
이 그리웠다. 육아에서 탈출하고 싶었다. 처음 만나는 세
계에 대한 두려움과 나를 점점 잃어가는 것 같은 두려움이
가득했다.

그때 한강의 〈괜찮아〉라는 시를 읽었다. 시에는 엄마가
아이를 안고 우는 장면이 나온다. 내용은 이렇다. 아이가
태어난 지 두 달이 되었을 때 날마다 비슷한 시간에 울었
다. 아무리 달래도 아이는 계속 울고, 왜 우는지 몰라서 엄
마도 "왜 그래" 하고 울었단다. 그런데 나중에 알게 된다. 자
신에게는 '왜 그래'가 아니라 '괜찮아'가 필요했다는 것을.

내가 아이를 안고 울고 있을 때, 시를 쓴 그녀는 이미 아
이를 안고 울었던 선배였다. 내가 답을 몰라 힘들어할 때,
그녀는 진작에 몸부림을 치던 언니였다. 한 여성이 나와
똑같은 밤을 보내며 눈물을 흘렸다는 사실에 안도감이 들
었다.

진창에 빠졌을 때 혼자 빠져나오기는 쉽지 않다. 그때 나는 이 시를 붙잡았다. 하루 종일 생각했다.

'괜찮아. 괜찮아.'

괜찮지 않아도 생각했다. 괜찮다고. 그리고 천천히 자괴감에서 벗어났다. 나는 육아에서 탈출하고 싶었던 게 아니라, '나는 엉망이야'라는 생각에서 탈출하고 싶었던 거다. 그래서 한창 약해졌을 때 읽은 이 시 한 편이 내게는 너무 큰 위로가 되었다. 그래서 한강, 그녀에게 고맙다. 아니, 이 시에게 고맙다.

아이를 낳을까 말까 고민하는 후배에게 선뜻 어느 한쪽을 추천해줄 수가 없었다. 애를 낳으면 어느 정도 희생이 따르고, 그만큼 얻는 것도 있다. 득이 있으면 실도 있다. 사랑하는 후배라서, 동생이라서 어떤 대답을 해야 할지 고민이 되었다.

그럼에도 분명한 것은 시가 나를 위로해주었듯, 나 역시 후배의 동조자가 될 수 있다는 거다. 고민 끝에 나의 소중한 후배에게는 괜찮을 거라 말하기로 했다. 물론 어느 쪽을 선택하든 힘든 부분이 있을 것이다. 그때 내가 조금이라도 힘을 보태고 싶다. "언니가 여기에 있다"는 말과 함께.

'괜찮아'는 대물림된다. 시에서 마음으로, 사람에서 사람으로.

저, 계속
살아도 될까요

전쟁을 시작할 때 저마다의 부대는 제각기 깃발을 들고 승리를 위해 전진한다. 하지만 전쟁 중에 깃대는 부러지고 깃발은 피에 젖는다. 전쟁이 막바지에 이를 때까지 처음에 뽑아 올린 깃발을 지킨 사람은 많지 않다. 오히려 깃발을 지키려던 사람들은 전사자가 된다.

우리의 삶이 그렇지 않던가. 처음엔 잘 살아보려고 노력한다. 하지만 살아가다 보면 돈과 욕망, 출세와 거짓에 현혹될 기회도 그만큼 많아진다. 아군과 적군이 섞이고 애초에 왜 진격했는지도 잊게 된다. 그래서 나는 삶을 전쟁이라고 생각했다. 하지만 아버지는 달랐다. 그 모진 세월을 겪고도 삶을 축복이라고 말한다.

한번은 명사들이 강연하는 행사에 아버지가 참여한 적이 있었다. 보통은 혼자서 찾아가시는데, 이때는 지하철을 오래 타고도 한참을 걸어가야만 하기에 내가 모시고 갔다. 은어로 가방모찌, 종종 가방을 메고 따라다니면서 시중을 드는 일이다. 이렇게 아버지의 가방모찌를 하면 아버지가 일당 5만 원 정도를 주신다.

나는 아버지를 강연장에 모셔다 드리기만 할 뿐 그 안에는 들어가지 않는다. 아버지가 강연을 할 때 딸이 앉아 있으면 불편할 게 뻔하기 때문이다. 내가 강의할 때 아버지가 떡 하니 앉아 있으면 너무 싫을 것 같다. 그래서 아버지의 강연장에 가면 밖에서 내내 기다린다. 그러면서 생각하곤 한다. 이렇게 기다리는 걸 여러 번 하면 좋겠다고. 10년, 20년 기다릴 수 있으면 더 좋겠다고.

강연이 막바지에 이르러 질의응답 시간일 때, 나는 슬쩍 강연장에 들어갔다. 그날의 강연 주제는 시와 시대, 혹은 위안의 언어 같은 것이었다. 나는 이런 강연을 찾아온 사람들은 상처받은 눈을 하고 있을 거라고 예상했다. 그런데 아니었다. 그들은 상처받지 않았다. 다만 상처 가득한 삶에 대해 고민하고 있었다.

"미워하는 사람이 있습니다. 그 사람을 미워하는 나를 어떻게 하면 좋을까요."

"저는 글을 쓰고 싶습니다. ······제가 글을 써도 되겠습니까."

"저는 사업을 하고 있습니다. 이 사업을 하려면 버려야 하는 가치들이 있습니다. 버리는 게 맞는 걸까요."

질문의 내용은 제각각인 것 같았지만 모두가 비슷한 질문을 하고 있었다. 그들의 질문을 요약하자면 다음과 같다.

'내가 가려는 방향이 맞습니까.'

'내가 지금 하고자 하는 것을 계속해도 되겠습니까.'

자기가 맞게 하고 있는지 확인하고 싶어 했다. 가보지 않은 길을 가는 자는 필연적으로 흔들리게 되어 있으니까, 이미 오랫동안 길을 걸어본 사람에게 묻고 싶은 거다. '오래 살아보니 어떻습니까' 하고.

어쩌면 이런 질문들은 세속적인 의미에서 잘 살고 있는 부자나 권력자에게 물어도 되었을 것이다. 그런데 아버지에게 묻고 있었다. 그렇다. 순례자는 자기보다 더 경력이 오래된 순례자에게 길을 물어보는 것이 당연하다. 길은 책 속이 아니라 경험 속에 있으니까. 이제 막 순례를 시작하는 사람들은 많지만, 경험이 많은 순례자는 많지 않다. 어느 분야든 마찬가지다. 질문하는 사람은 많지만, 그 질문에 대답할 수 있는 사람은 많지 않다.

강연의 질의응답 시간은 젊은 순례자와 할아버지 순례자의 대담이었다. 젊은 순례자의 질문에 할아버지 순례자가 대답했다.

"아팠습니다. 힘들었습니다. 괴로웠습니다. 그렇지만 나는 지금까지 살아보니 아파도, 힘들어도, 괴로워도 계속 살기를 잘했다고, 천만번 잘했다고 생각합니다."

그 말을 들은 사람의 눈빛을 보았다. 그리고 느꼈다. 저 사람은 잘 살아갈 것이다. 잘 살게 될 것이다. 나는 그 모습을 멀리서 바라보며 정말 기뻤다. 저 사람은 내가 묻고 싶었던 질문을 해줬고, 내가 듣고 싶었던 대답을 얼굴 표정으로 보여줬다. 기쁨이 깃든 세상이 과연 전쟁이기만 할까. 그날 나는 아버지의 묵직한 가방을 대신 들고 터미널에 모셔다 드렸다. 무거운 가방이 무겁지 않은 날이었다.

매일 묵묵히, 분주히, 열심히 살다가도

좌절감이 한꺼번에 몰려올 때,

내가 너무 초라하게 느껴질 때가 있다.

그럴 때 나를 구해줄 단 한 번의 토닥임은

생채기가 쓰라린 것을 아는 사람,

상처를 내버려두면 어떻게 되는지 아는 사람,

아픔이 있었던 사람에게서 나온다.

아파본 사람만이 아픔을 알기 때문이다.

사랑은
열 개의 손가락을 타고

    사람에게는 손가락이 열 개가 있다. 왜 열 개나 필요했을까. 많은 이유가 있겠지만, 나는 그 한 가지를 함민복 시인의 〈성선설〉을 통해 알게 됐다. 함민복 시인은 우리의 손가락이 열 개인 이유를 어머니의 배 속에서 몇 달 있었는지 헤아린 결과라고 했다. 그 시를 읽고 나서 무릎을 탁 쳤다. 이보다 합당한 설명이 어디 있던가.

    내 아이를 품고 있었던 시간을 기억한다. 열 달을 품어서 아이를 낳았다. 그 시간은 내게 영원과 같았다. 나의 어머니에게도 나를 품고 있던 시간이 있었다. 그러니 손가락이 열 개인 것은 그만큼 사랑받았다는 증명서, 사랑하라는 명령서일지도 모른다.

나는 매일 손을 사용해서 일하니까, 손가락을 가위나 젓가락 같은 도구 정도로 생각했다. 그것이 일상이라서 손을 하찮고 소홀하게 여겼다. 그렇지만 '손가락, 사랑' 이렇게 메모지에 써놓고 들여다보니, 그 두 단어로는 표현할 수 없는 사랑의 크기를 알 수 있었다. 우연히 진실을 엿본 느낌이다.

생각해보면 나는 이미 알고 있었다. 사랑은 손가락에서 나온다는 사실을. 큰애가 가장 좋아하는 시간은 내가 머리를 말려줄 때다. 퇴근 후에도 일을 하는 엄마를 배려해 딸애는 늦은 밤 10시쯤에 욕실로 들어간다.

"엄마, 나 머리 감을 거다."

꼭 이렇게 알린다. 나보고 머리 말릴 준비를 하라는 말이다.

"그래, 엄마가 머리 말려줄게."

딸애가 머리를 감고 나오면, 나는 수건으로 물기를 탁탁

턴 다음 드라이기로 머리를 말려준다. 그때 나는 으레 아이 두피를 쓸어 반점을 확인한다. 큰애 뒤통수에는 태어날 때부터 넓고 붉은 반점이 있다. 연어 속살처럼 주황색이어서 이름도 연어반점이다. 간호사가 이 사실을 알려줬을 때, 나는 곤히 잠든 아이를 바라보면서 이렇게 생각했다.

'너는 연어처럼 긴 시간을 거슬러서 엄마에게 온 거구나.'

그래서 나는 연어반점을 볼 때마다 딸아이를 출산했던 그때를 떠올리게 된다.

연어반점은 몽고반점처럼 차차 없어지는 건 줄 알았는데, 아이의 반점은 13년 동안 옅어지기만 할 뿐 사라지지 않았다. 나는 연어반점을 쓰다듬으면서 "네가 태어났을 때, 뒤통수에 있는 이 반점이 꽃처럼 예뻤어"라고 말한다. 그러면 아이는 눈을 감고 끄덕거린다. 오랫동안 이 이야기를 해와서 나도 딸아이도 외울 정도다. 그럼에도 아이는 내가 이 이야기를 해주길 기다리고, 나 역시 아이가 들어주길 기다린다.

내가 연어반점을 엄지로 살살 쓸어주면, 아이는 기분이 좋은지 헤헤거린다. 제 눈으로 볼 수 없는 반점을 내가 사랑하기에, 이 아이도 그 반점을 사랑한다. 보이지 않아도 우리는 안다. 사랑은 머리를 말리는 시간 내내 손가락을 타고 아이에게 들어가고 있다는 것을.

내 손가락은 어머니가 나를 품었던 열 달과 그 나머지 평생을 사랑했다는 증거. 내 손가락은 내가 아이를 가졌을 때부터 지금까지 사랑한다는 증거. 그 증거는 하루도 빠짐없이 나와 함께한다.

오늘도 아이는 엄마의 일이 끝나기를 기다리다가 말할 것이다.

"엄마, 오늘 나 머리 감을 거야."

그럼 나는 오늘도 손으로 아이의 머리를 말려주고 연어반점을 쓸어줄 것이다. 그리고 연어반점이 얼마나 예쁜 색인지 되풀이해서 말해줄 것이다.

아이는 내 손가락의 사랑을 받아먹고 자란다. 그리고 나 역시 손가락을 통해 사랑을 배운다. 나는 오늘도 내 사랑의 증거인 손가락 마디마디를 꾹꾹 펴가며 딸애가 머리 감고 나오길 기다릴 것이다.

소풍이 끝나는
그날을 위해

탄생과 죽음은 우리의 처음과 끝이다. 모두 처음은 통과했다. 그러나 끝은 통과하지 않았다. 단지 언젠가 겪게 된다고 약속되어 있을 뿐이다. 불명확한 대상에 대해 느끼는 조마조마하고 불편한 감정을 '불안'이라고 부른다. 이건 두려움과 매우 비슷하다. 죽음을 떠올리면 불안하다. 성경에서 죽음은 도적처럼 찾아온다고 하는데, 언제 어떻게 우리에게 죽음이 찾아올지 모르기 때문이다.

죽음이 내 인생 최대, 최후의 테스트가 될 것은 분명해

보인다. 모범생은 일찍부터 시험을 준비하는 법. 내 안에
잠든 모범생 기질은 죽음의 테스트에 미리 준비하라고 재
촉한다. 그래서 하루에 한 번씩 버릇처럼 생각한다.

'마지막 테스트를 잘 넘기기 위해서 나는 무엇을 해야
할까?'

그리고 기도하듯 좋은 죽음을 상상한다.

무엇이든 자주 보면 배움이 된다. 배우려는 열의가 가득
한 나는 '죽음'에 대한 뉴스나 이야기가 있으면 늘 유심히
관찰한다. 한번은 남편이 교통사고를 된통 당한 적이 있었
다. 자전거를 타고 가다가 버스에 깔려 두 다리가 으스러
진 것이다. 이건 죽음의 유사 체험이고 배움의 기회다 싶
어 물어봤다.

"이제 죽나 보다 했던 그 순간에 어땠어?"

남편은 가만히 생각하더니 만감이 교차했다고 말했다.
찰나는 생각보다 길었고, 아픔을 느끼기보다 회한이 일었
다고 했다.

예수 탄생을 기점으로 인류의 기원 전후가 나뉜다. 그리

고 인류의 기원처럼 모든 사람에게는 각자 인생의 기원 포인트가 있다. 남편의 경우에는 교통사고가 인생의 새로운 기점이 되었다. 사고 이전과 이후의 남편이 좀 다르다. 사람이 변했다. 우선 발과 다리 모양이 변했다. 그리고 생각도 바뀌었다.

이를테면 이런 거다. 남편은 한 번 선택한 것에는 후회하지 않았고, 남보다 자신에게 집중했다. 오늘의 분노를 내일로 가져가지 않았고, 어제의 욕심으로 오늘을 망치지도 않았다. 맑아졌다고나 할까. 내려놓는 데에 과감해졌다고나 할까. 교통사고 이후에 그는 어딘가 훅 달라져서 돌아왔다. 직접 경험해보지 않은 나로서는 알 수 없는 일이었다.

나는 죽음을 직접 경험해보지 않았기에 남편의 행동을 관찰했다. 그리고 좋은 죽음을 맞이하기 위해 원칙을 세웠다. 죽기 전에 무엇이 부끄러울지, 무엇이 아쉬울지 생각하며 그것을 기준 삼아 오늘을 살기 위해서 말이다. 그 기준으로 제3자의 입장으로 나를 들여다보았다. 죽을 때 나는 어떠할까. 운이 좋으면 나는 할머니가 되어 죽을 것이다. 그렇다면 할머니 나민애가 제일 속상해할 일들은 뭐가 있을까? 죽기 직전에 아쉬워할 일들과 아쉽지 않을 일들에 대해 한번 정리해봤다.

〈죽기 직전에 아쉬워할 일〉	〈죽기 직전에 아쉽지 않을 일〉
사람들에게 더 잘해주지 못한 것	큰 부자가 되는 것
사람들을 더 사랑하지 못한 것	유명한 사람이 되는 것
내 마음을 더 표현하지 못한 것	승진해서 높은 지위로 올라가는 것
지나친 걱정에 시간을 낭비한 것	업적을 많이 쌓는 것

'죽기 직전에 아쉬워할 일'은 우리가 너무 쉽게 매일 할수 있는 일이다. 그러나 평소 우리가 쉬이 하지도 않을뿐더러 우선순위에서 밀리는 일이다. 모래처럼 작지만 사금처럼 반짝거리고, 돈벌이가 안 되지만 돈이 안 드는 일이다. 사랑이 되고 마음이 드는 일이다. 반대로 '죽기 직전에 아쉽지 않을 일'은 쉬운 일이 아니다. 매일, 매년 자신을 바쳐야 하고, 소수의 사람만 가능한 일이다. 돈이 되고 욕망이 필요한 일이다.

세상에서는 어려운 일을 이룬 사람을 대단한 사람이라고 한다. 물론 어려운 일을 이룬 사람은 대단한 사람이 맞다. 그러나 나는 대단한 사람이 될 필요를 모르겠고, 대단한 사람이 되고 싶은 마음도 없다. 유튜버가 잘나가는 직업 중 하나라 해도, 우리 모두 유튜버가 되어야 할 이유는 없다. 내가 유튜버가 되지 않아도, 유명인이 아니어도 세상은 잘 굴러간다. 굴러가는 세상을 앉아서 보는 것도 의미 있다. 나는 다수에게 대단하다고 칭찬받기보다 소수에게 소중한 사람이 되고 싶다.

그런데 '죽기 직전에 아쉬워할 일'을 평소에 하는 게 참 쉽지 않다. 이건 살아가면서 배운 학습의 효과가 참 크다. 사소한 일을 소중히 여기면 어쩐지 못난 사람처럼 느껴진다. 새마을운동 세대도 아닌데 발전에 대한 강박이 있다. 이 강박은 대체 어디서 왔을까. 늘 오늘보다 나은 내일을 위해서 성과를 보여줘야 할 것 같다.

한번은 주부 대상으로 특강을 한 적이 있다. 그날 강연을 들은 사람들은 좀 오글거렸을지도 모른다. 내가 뜬금없는 고백을 했기 때문이다.

"지금 이 시간, 저희 집에는 아들과 딸이 돈 벌러 나간 엄마를 기다리고 있습니다. 저녁 여덟 시 이후에는 아무 일도 안 하고 아이들을 안아주기로 약속했거든요. 그 약속을 깨고 제가 여기에 나왔어요. 저는 여러분들과 좋은 이야기, 유용한 지식을 많이 나눌 수밖에 없습니다. 안 그러면 집에 가서 잠든 아이들을 보기가 미안할 테니까요. 지금 이 시간은 제 하루 중 가장 소중한 시간입니다. 그러니까 부디 줄지 말아주세요."

사실 내 수업을 재미있게 들어달라는 부탁이었다. 하지만 어느 정도는 진심이었기에 말하다가 울컥했다.

내가 이런 얘기를 하는 건 이유가 있다. 강연석에 앉은 사람들은 머리가 희끗한 어머님들 또는 나와 비슷한 또래들이었다. 그들에게 이 시간이 얼마나 소중한지 이야기했을 때 그들의 눈빛이 따뜻하게 반짝였다. 마음으로 웃으면 눈에서 빛이 쏟아지는 것처럼 보이는데, 그날 그들의 눈빛이 그랬다.

'난 너의 마음을 알아.'

'나도 너와 같은 사랑에 빠져 있어.'

'네 시간과 나의 시간이 소중하다는 말을 금세 이해했어.'

그들은 고개를 끄덕이며 동의를 표했다. 그리고 우리는 웃으며 이야기를 나눴다.

그날 함께한 사람들 대부분은 명함이 없었을 것이다. 명함이 없다는 것은 돈벌이를 하지 않는다는 것, 나만의 공간이 없다는 것, 사회적 지위가 없다는 것을 의미한다. 사실 이 세 가지가 없으면 사람의 존재는 쉽게 희미해진다. 그걸 알면서도 희미해지는 것을 선택한 이유는 여러 가지가 있을진대, 대개는 가족, 육아, 사랑이리라. 어쩌면 자신의 선택을 후회할지도 모른다. 하지만 분명한 것은, 죽음의 테스트 앞에서 명함에 금테 둘렀다는 사실이 마지막 날의 평온함을 보장하지는 않는다는 것이다.

무(無)명함의 인생을 사는 사람은 마지막 날 실컷 사랑하고 맘껏 아꼈다는 사실에 미소 짓게 될 것이다. 인생은 길다. 우리가 가보지 않은 길의 마지막이 어떠할지는 아무도 모르는 일이다.

나는 연단에 서는 일을 하지만, 그곳은 견고하지 않다. 강연 중에 나는 상상한다. 사직서를 던지고 연단을 내려가

넷.

서 청중석에 있는 사람들 사이에 앉는 상상을. 연단에 있
든 청중석에 있든 그게 무슨 상관이겠는가. 천상병 시인이
〈귀천〉이라는 시에서 말했듯이 우리는 잠깐 인생이라는
소풍을 나와 있는 것이다. 그리고 이 소풍을 아름답게 꾸
밀 자유는 우리 손에 달려 있다. 나는 소풍이 끝나는 날 후
회하고 싶지 않다.

나를 살리는
한마디

어렸을 때 나는 잘 넘어졌다. 돌부리가 없는 곳에서도 풀썩풀썩 얼마나 잘 엎어졌는지 모른다. 한때는 이것도 재주인가 싶기도 했다. 그런데 실은 내가 평발이고 안짱다리여서 잘 넘어진 거다.

넘어진 나를 자주 일으켜준 건 어머니였다. 어머니는 그 크고 두툼한 손으로 내 손을 잡고 일으켜주셨다. 나는 아직도 이 순간을 잊지 못한다. 어머니의 손은 하늘에서 내려온 두레박 같았다. 잡고 일어날 때는 좀 벅찼다. 이 감정은 이제 와서 참 귀하다. 지금은 내가 넘어져도 내 손을 잡아줄 사람이 없다는 것을 알기 때문이다.

길 가다가 넘어지면 몸이 아픈 것처럼, 인생에서 넘어지면 마음이 너무 아프다. 손이 시릴 때는 주머니에 푹 집어넣기라도 하는데, 마음이 시릴 때는 대책이 없다. 이제는 나를 구해줄 그 손도 없다. 그래서 위로를 붙잡았다. 그것마저 붙잡지 않고는 숨조차 쉴 수가 없으니까.

힘들고 어려울 때 내가 믿을 수 있는 커다란 사람이 턱하고 나타나면 좋겠다고, 내가 기대어 울 수 있는 그런 사람이 있으면 좋겠다고 생각한다. 하지만 현실에서 그런 사람이 나타나기를 기다리는 건 어려운 일이다. 속상해서 울기라도 하면 바보 같을 것 같고, 약해빠진 사람으로 보일 것 같아서 결국 꾹 참아버린다. 그러면서 우리의 마음은 이내 생채기로 가득 차버린다.

가난, 사랑, 재채기는 숨길 수 없다고 하지 않았던가. 그런데 시에서도 숨길 수 없는 마음이 있다. 바로 아픈 마음이다. 내가 아는 허영자 시인은 마음의 아픔을 잘 아는 사람이다. 그는 〈아픈 손끼리〉에서 "아픈 마음이 아픈 마음 곁에서 낫는다"라고 했다.

매일 묵묵히, 분주히, 열심히 살다가 좌절감이 한꺼번에 몰려올 때, 내가 참 한심하고 초라하게 느껴질 때가 있다. 그럴 때 나를 구해줄 단 한 번의 토닥임은 의외의 곳에서 나온다. 생채기가 쓰라린 것을 아는 사람, 상처를 내버려 두면 어떻게 되는지 아는 사람, 아픔이 있었던 사람. 그런 사람에게서 위안을 얻는다. 아파본 사람만이 아픔을 알기 때문이다.

이 시대의 위로는 아픈 사람에게서 아픈 사람에게로 흐른다. 물론 아픈 사람이 아픈 사람을 도와주기란 쉽지 않다. 나 자신이 어려운데 누굴 도와주겠는가. 하지만 아픈 사람을 수렁에서 *끄집어낼* 수는 없어도 위로해줄 수는 있다.

아픈 마음이, 아픈 시의 한 구절이 찾아와 내 마음을 부축해줬다. 아픈 마음이 아픈 마음 곁에서 낫는다는 말, 그 말이 오늘 나를 살리는 한마디가 된다. 그 말들의 조각을 주워 마음 주머니에 넣고 살아가는 건 퍽 좋은 일이다.

'나를 살리는 말, 너 거기 있지?'

힘들 때는 주머니를 토닥토닥하며 이렇게 안부를 물을 수도 있다.